森の奥

「おじさん、ちょっとおじさん」

だれかが呼びかけ、肩をゆさぶっている。うるさい、放っておいてくれと言おうとして、富山明男《とやまあきお》は目を開けた。二十代半ばぐらいの男が、半笑いの表情で覗《のぞ》きこんでいる。

なんだ、これが天国か？　そう問いかけようとして、明男は激しくむせた。息が苦しく、喉《のど》とこめかみが痛い。首もともひりひりする。そっと手をやってみると、すりむけた皮膚とロープの感触があった。

「大丈夫か？」

男はへたりこんでいた明男を抱え起こし、背中を軽く叩《たた》いてくれた。それで少し呼吸が楽になった。顔面を汚していた涙と鼻水をぬぐい、明男はやっと状況を把握した。

どうやら死に損ねたらしい。

首からのびるロープをたどって視線を上げると、苔《こけ》むした大きな木の幹が目に入った。適当な高さに枝がなかったので、しかたなく幹にロープを巻いたのだ。だがロープはいま、地上から五十センチほどの高さまでずり落ちている。明男の体重を支えきれず、ゆるんでしまったようだ。

準備不足だった己《おの》れに悪態をつきつつ、明男は輪になったロープを首からはずした。どこが天国なものか。わたしはまだ、忌々《いまいま》しい樹海にいる。樹海の木が、こんなに枝のないものだと知っていたら、ロープを打ちつけるための杭《くい》でも持ってきたものを。湿気が充満した空気。地面には一面の苔。鬱蒼《うっそう》と並ぶどの木の幹にも、苔、苔、苔。もうたくさんだ。

明男はよろけつつも立ちあがり、ゆるんだロープを幹からほどいた。腕に巻き取りながら、

「すみませんね」

と男に言う。「どうもご親切に」

しゃがんだままだった男は、おもしろそうに明男の動きを眺めていた。

「おじさんさ、なんで自殺しようとしたの」

「やめろと言われても、やりますから」

「言ってねえよ、やめろなんて」

カチリと音がし、煙草《たばこ》の香りが漂った。「ただ、こんなところじゃ、すぐ発見されちゃうよ。現に、俺が目撃してるし」

男は笑っているようだ。明男は急に不安になった。この男は、樹海でなにをしているんだろう。探検気分で足を踏み入れたのならいいが、なんらかの犯罪に手を染めて樹海に死体を埋めにきたとか、自殺者の遺留品を漁《あさ》るコソ泥だとか、自殺願望のあるものを待ち受け、片端から手にかける快楽殺人者だとか、そういう可能性もあるんじゃないか。

明男は唾《つば》を飲みこみ、そっと男をうかがい見る。男は煙草をふかしながら、

「おかしかったなあ」

としゃべっている。「おじさん、虫みたいに手足をもがかせてさ。『あれれ』って思ってるうちにロープがずれて、腰を抜かして白目むいちゃうんだから。死にたいんなら、もうちょっとちゃんと方法を考えないと」

「う、うるさい、うるさい！」

明男は怯《おび》えと屈辱でいっぱいになり、男に向き直った。手にしたロープを鞭《むち》のようにしならせる。喉の痛みをおして怒鳴った。

「なんなんだ、きみは。放っておいてくれ！　あっちへ行ってくれ！」

男は、頬をかすめる寸前だったロープの端をつかんだ。唯一《ゆいいつ》の自殺道具を奪われまいと、明男は手に力をこめる。ピンと張ったロープを利用し、男は軽やかに身を起こす。

「しょうもないおっさんだな」

投げつけられたロープを胸もとでキャッチし、明男ははじめて、正面に立つ男の姿をはっきりと見た。

明男よりも、ずいぶん背が高い。一七五センチはあるだろう。短く刈りこまれた髪と、穏やかな光を宿した目は真っ黒だ。黒い長袖《ながそで》のTシャツと迷彩柄のズボンを身につけ、足もとはごついワークブーツだった。大きな黒のザックを背負っている。

樹海でキャンプか？　一人で？

怪訝《けげん》に思いはしたが、殺人犯には見えない。取り乱し、男に当たり散らした自分が恥ずかしくなり、明男は背広の裾《すそ》を所在なく引っぱった。

「その、すまなかった。きみは好意で、声をかけてくれたのに」

男は煙を吐き、ポケットから出した携帯灰皿に煙草を投げ入れた。「べつに？」と言いたげだ。明男はひるんだが、意を決して告げた。

「だが、わたしは死ぬ覚悟をしてここに来た。悪いけれど、一人にしてほしい」

「いいけどさ」

男はザックを揺すって、背負いなおした。「こんなとこじゃ迷惑だよ。やるなら、もっと奥に行かないと」

「奥って、もうずいぶん歩いて……」

「まだ、遊歩道から百メートルぐらいの場所だよ、ここ」

男が梢《こずえ》を見上げて目を閉じるのに倣《なら》い、明男も耳を澄ましてみた。国道を走る車の音がかすかに聞こえた。

たった百メートル。明男はうなだれた。ごつごつした溶岩を越え、奇怪に地面を這《は》う木の根を越えて、やっとのことで死ぬにふさわしい静かな場所にたどりついたと思ったのに。樹海は明男の予想以上に広大で、内部にひとが入りこむのを拒んでいる森だった。

「ま、好きにすれば。じゃあね」

男は張り巡らされた根っこを巧みに避け、明男に背を向けて歩きだした。周囲は似たような木ばかりで、方角の見当がまるでつかないが、車の音が聞こえてくるのとは逆、樹海の奥へと向かっているようだ。

「待ってくれ」

明男はあわてて追いすがった。「きみはここで、なにをしてるんだ?」

男は立ち止まり、少しの間《ま》を置いてから振り返った。

「演習だよ」

「自衛隊のひとかなにかかい」

答えはなかった。「どんな演習?」

「コンパスだけで樹海を突っ切る」

一人で?

またもや疑念が生じたが、深く考えている場合ではない。男のまえにまわりこみ、必死に言いつのった。

「突っ切るなら、これから樹海の奥へ行くんだろう? わたしも連れていってほしい。適当な場所まで来たら、置いていってくれていいから」

男はしばし明男の顔を眺めていたが、

「好きにすれば」

と、もう一度言った。

明男は男と並んで歩きだした。苔はすべりやすいし、地面だと思って積もった枯れ葉を踏むと、溶岩の穴に足がはまったりする。革靴では難儀だったが、男に遅れまいと歩を進めた。

「わたしは、富山明男というんだ」男の横顔に向かって名乗った。「きみは？」

男の唇に、微笑《ほほえ》みの影がよぎったような気がした。また少し間があった。

「青木《あおき》」

と男は言った。

たしかに死ぬつもりはあった。死ぬしかないと思い定めて、鳴沢氷穴《なるさわひょうけつ》のバス停に降り立った。

だけど、じゃあどうしてわたしは、この男についていくことにしたんだろう。本当に死にたいのなら、男が去ったあとにもう一度首を吊《つ》ればよかった。名を名乗り、男の名を尋ねる必要など、まったくなかった。

明男は膝《ひざ》を抱え、焚《た》き火《び》を眺めた。小枝がはぜ、小さな炎がうねって闇《やみ》に火の粉を散らす。

二時間ほど歩いたところで、日が傾きだした。樹海は想像していたほど、薄暗くはなかった。倒木も多く、木の密度がそれほど高くない場所が多々ある。

ちょっとした広場のような場所で、男は足を止めた。

「このへんで野営しよう」

明男の歩調に合わせたせいで、距離は稼げていなかったはずだ。だが、男は文句や嫌味を言うでもなく、黙々と眠る準備をはじめた。

薄い土の下を溶岩が覆《おお》いつくしているためか、地面は固く凹凸が多い。男は枯れ葉を集めてクッションがわりにし、そのうえにドーム型の簡易テントを張った。次に、拾った枯れ枝を組みあげ、ライターで点火して器用に火を熾《おこ》した。明男にはできることがなにもなく、ただ見守るばかりだった。

手持ちぶさたにうろつく明男を見かねたのか、「おっさん、ちょっと手伝って」と声をかけられた。ザックから取りだしたビニールシートの四隅を、腹ぐらいの高さで木の幹に紐《ひも》で結びつける。屋根にするには低すぎるし、シートの中央がたわんでいる。

作業しながら明男が首をかしげていると、

「今夜は降るから、雨水を貯《た》めるんだよ」

と男が説明してくれた。「最低限の飲み水しか持ってこなかったから」

そういえば、これまでのところ樹海で沢や池を見かけていない。明男は納得し、男の負担になっていることを申し訳なく思った。ビニールシートの貯水装置を見て、でも少しは役に立てることもある、と気を取り直した。

男のザックからは、なんでも出てくる。コンビーフの缶詰をひとつ開け、クラッカーに載せて食べた。ペットボトルの水を、わけあいながらちびちび飲んだ。

満腹には程遠いが満足はして、明男は焚き火を眺めている。

実のところ、死ぬ勇気が少しずつ失《う》せていっていた。

喉はまだ痛かった。首を吊ると、失禁し脱糞《だっぷん》するものだと聞いていたが、それはなかったのが不幸中の幸いだ。その段階に至るまえに、早々と意識を手放してへたりこんだのかと思うと、情けなくはあったが。

実際に死に接近してみると、再び喉の痛みと血が沸騰《ふっとう》するような苦しさを味わい、そのうえ失禁し脱糞した死骸《しがい》をさらすのは、ややためらわれた。怖い。

「おっさん、そんな恰好《かっこう》じゃ寒いだろ」

いつのまにか、男がそばに立っていた。「これ巻いとけよ。少しはちがうから」

銀色のサバイバルシートを渡された。富士の裾野に広がる森は、七月初旬とはいえ夜は冷えこむ。ありがたく受け取り、背広のうえから体に巻きつける。男も、長袖の

Tシャツのうえにゴアテックスのジャンパーを着こんでいた。

焚き火から少しでも目をそらすと、あたりは呼吸しにくいほど濃厚な闇だ。いままでに体験したことのない夜の深さに、明男は身を縮めた。どこかで鳥が鳴いている。鳥だと思う。ヒィーヒィーと悲鳴のようだ。

隣に座った男は、焚き火と懐中電灯の明かりをたよりに、透明の袋に入れた地図を読んでいる。コンパスと照らしあわせて現在位置を確認しているようだが、演習で使うにしてはおおざっぱな、よくある市販の地図をコピーしたものだ。

「一人で樹海に入って、遭難したらどうするんだい」

明男が尋ねると、男は笑った。くわえた煙草の火が、赤い蛍《ほたる》みたいに明滅する。

「死ににきたのに、遭難の心配すんのか」

「わたしじゃなく」

革靴をこすりあわせると、サバイバルシートがガサガサ鳴った。「青木くんのことだ」

男は焚き火に向かって吸い差しを弾《はじ》き飛ばした。

「おっさんさ」

「富山明男だ」

「トヤマアキオさん。いくつ？」

「五十四」

「じゃあ、奥さんも子どももいるでしょ。なんで死にたいのか、聞いてもいい？」

「よくある話だ」

ふうん。男は立てた膝に顎《あご》を載せた。

「事業に失敗して、借金取りが押しかけたせいで奥さんはノイローゼになっちゃって、ヤクザに拉致《らち》られた娘はソープに売られたってもっぱらの噂《うわさ》で、もう人生に絶望した？」

「映画みたいだな」

明男は鼻をすすった。「そこまで大層な逸話はない」

同居する妻の両親の介護に追われ、会社では早期退職をそれとなく勧められ、ほとほと疲れたと思っているところに、息子がバイクで幼稚園児をはねた。交差点に進入しようとスピードを落としていたため、どちらの命にも別状がなくてなによりだったが、小さな女の子が腕を折る重傷だ。当然ながら、相手の親は感情的になって責めてくる。治療費や見舞金が入り用だし、裁判になったらいくら必要なのか、どうしたらいいのか、まるでわからない。

「取り乱した妻に、『あなたが死んだら、保険金が入るのに』と言われた。そこまで言うなら、実行してやろうと思ってね」

「樹海で自殺したら、死んだってことがだれにもわからなくて、保険金が下りないじゃないか」

だから、ここまで来た。妻への腹いせだ。明男は意地の悪い思いで、声を出さずに笑った。だがすぐに、ちがうなと思い直す。

ただ単に、なにもかもがいやになっただけだ。状況を打開する道が見つけられず、家族も面倒な事態もすべてが恐ろしく感じられ、逃げだしてきた。

自分を悩ませ、煩《わずら》わせるものが存在しない場所へと。

「青木くんが、わたしの妻に知らせてくれたらいい。『樹海で富山明男というおじさんに会いました。死ぬと言ってました』って」

なげやりな気持ちで、明男は言った。そう知らされたところで、妻子が明男を探しにわざわざやってくるとも思えないが。

明男はサバイバルシートごと、その場に仰向《あおむ》けに寝転がった。そこではじめて、木《こ》の間《ま》にひらけた黒い空に、数えきれないほどの星が瞬《またた》いていることに気づいた。

「うわあ、きれいだなあ」

思わず声を上げた。「『夏の大三角』がよく見える。青木くん、知ってるか?」

「知ってるよ」

男は空を見上げることはしなかった。「ベガ、デネブ、アルタイル……だろ?」

「そうそう」

感情の抑制がうまく利《き》かない。明男は妙にはしゃいだ気分になって、しゃべりつづけた。

「青木くんも星が好きなのか。わたしは高校のころ、天文部だったんだ。信州で育ったから、星が降るほど見えた。本当は大学に行って物理をやりたかったが、家があまり裕福じゃなくてね。青木くんは、出身はどこ?」

男はまた煙草をくわえた。ライターで一瞬照らしだされた男の目は、冷たく光っているように見えた。

「名古屋」

「そうか、わたしも住んでいたことがあるよ。もうずいぶんまえのことだが」

明男は体を起こして座り直し、後頭部についた落ち葉を払った。「名古屋のどのあたり?」

明男の質問には答えず、

「トヤマさんの息子ってさ」

と男は言った。「いくつなの」

「大学生だ。二十一」

「成人してるのかよ」

男はちょっと肩をすくめた。「だったら、金は本人に払わせればいいだろ」

「息子のしたことなんだから、そうはいかない」

逃げて樹海にいることも忘れ、明男は首を振った。ゆっくりと首をめぐらし、男が明男を見た。居心地の悪さを感じた。同時に、この男はなにものなんだろうという、疑問と恐怖が再びこみあげた。

叫んでもだれにも届かない夜の森で、たまたま行きあった男と二人きりだ。湿った風が木々のあいだを吹き抜ける。灰色の雲が見る間に星を覆い隠した。

「降りだしそうだ。テントに入ろう」

男は明男から視線をそらし、さっさと立った。

いやだ。あんな狭い空間で、この男と眠れるわけがない。

「焚き火の番は」

と聞いたが、男は吸っていた煙草を火に投じ、

「どうせ雨で消えちゃうよ」

と言った。

広げた寝袋を掛《か》け布団《ぶとん》がわりに、くっつきあうように並んで横になる。男は明男に背を向け、すぐに動かなくなった。狭さと相手の体温のおかげで、思っていたよりも冷えこみは気にならなかった。

葉がざわめき、焚き火の残骸が燻《くすぶ》るにおいが、わずかに漂った。テントとビニールシートを雨粒が叩いている。寝つけそうにないと思いながら雨音を数え、そうこうするうちに明男は眠っていた。

朝日とともに、鳥がけたたましく鳴き交わしだした。明男にわかるのは、カラスの鳴き声とキツツキが木をつつく乾いた音ぐらいだったが、ほかにも高く澄んだ囀《さえず》りから尾を引くしゃがれ声まで、さまざまだ。

鳥ばかりでなく小動物や獣も、夜のあいだに盛んに活動したようだ。テントのまえには、ネズミのものらしき小さな足跡が残されていたし、小用に立った木陰では、シカの落とし物を発見した。

雨が上がり、苔は緑を濃くして露《つゆ》に濡《ぬ》れていた。シメジに似た白いキノコが、倒木の陰から顔を出している。

「青木くん、これはみそ汁の具にどうかな」

男はビニールシートの一辺をつまみ、貯まった雨水をペットボトルへ慎重に移しているところだった。顔だけを明男のほうへ向け、「だめ。毒」と言う。

焚き火にかけた飯盒《はんごう》で湯を沸かし、携帯用のみそ汁の素《もと》と、真空パックの白米を投じて軽く煮た。

「日中は蒸し暑くなると思うから、塩分を摂《と》っといたほうがいい」

男に勧められるまま、明男は遠慮を忘れて食べた。どうせ死ぬのに食べてどうするとか、男の食糧が半分に減ってしまうとか、そんな内心のつぶやきに耳を塞《ふさ》ぐのは、空腹をまえにするとたやすいことだった。

一本のスプーンをやりとりし、交互に飯盒の中身をすくっていたが、男は三分の一ほどを腹に収めると、

「俺はもういいや」

と言って、煙草を吸いだした。明男は冷めてきた飯盒を抱えるようにして、残りをたいらげる。

「トヤマさんさあ、どんな場所で死にたいとか、希望はあんの」

男に尋ねられ、

「そうだなあ」

と考えてみた。ペットボトルから飯盒に雨水を少し注ぎ、火にかけて沸騰させる。飯盒にこびりついた飯のかけらをこそぎ落とし、薄いみそ味の湯を飲んだ。

「やっぱり、くつろげる雰囲気のところがいいね。木漏《こも》れ日の射《さ》す、静かなリビングのような」

男の唇の端が軽く歪《ゆが》んだ。「それなら自分ちのリビングで死ねばいいのに」と言いたそうだった。明男も答えたそばから、皮肉を浴びせられるものと覚悟したが、男は手早くテントを畳みだした。

「じゃあ、そういうとこを探しに、そろそろ出発しようか」

単調な景色がつづく。振り返っても、行く手にも、見えるのは木ばかりだ。

男のあとをついていくのが精一杯で、どこをどう歩いているのか、明男にはさっぱりわからない。瘤《こぶ》が特徴的な木があっても、大蛇《だいじゃ》のような根をうねらせている木があっても、どれもみな「木」という一点で似かよって見える。男が同じ場所をぐるぐるまわっていたとしても、指摘できそうになかった。

森林浴だと思えば、代わり映えのしない景色にもまだ耐えられるのだろうが、日中の樹海はとにかく湿度が高く暑かった。明男は歩きだしてすぐに背広を脱ぎ、腰に結んだ。ワイシャツの袖もまくった。噴きでた汗と周囲の湿気で、絞れそうなほどシャツは濡れた。

明男の疲労を察したのか、男は頻繁に木陰で休憩を取った。

「煮沸《しゃふつ》してないから、あんまりごくごく飲まないほうがいい」

雨水入りのペットボトルを手渡すときも、必ず注意をうながしてくれる。きっと自衛隊の仲間からも、気が利く有能な男という評価を受けているのだろう。

ザックを担《かつ》ぐ男に比べ、明男が持ち運んでいる荷物といえば、首吊り用のロープだけだ。樹海の外でもなかでも使い物にならない自分が、つくづく情けなく感じられた。

昼食は、歩きながらカロリーメイトをかじることで済ませた。日が中天《ちゅうてん》に差しかかる時刻になると、森のなかもさすがに明るく、蒸し暑さはいよいよ明男の辛抱の限界を越えるようになった。

男が、「どうも迷ったみたいだ」と足を止めたのは、ちょうどそのときだった。

「樹海の深部に行くはずが、北側の遊歩道のほうへ近づいちゃってるな」

地図のうえにコンパスを置き、周囲の木々と太陽の位置を見比べている。明男は木の根に腰を下ろし、シャツをつまんで皮膚に風を送った。疲れきっていたし、男とはずいぶん打ち解けたような気にもなっていたので、

「おいおい、大丈夫かい？　自衛隊員なんだろ？」

と、思わず皮肉とも茶化しともつかぬ口調が出た。

後悔はすぐにやってきた。男が、感情をうかがわせない目で明男を見たからだ。全部を男に任せきりのくせに、余計なことを言うのではなかった。明男はあわてて弁解した。

「いや、いつまでにどこそこへ到着せよといった、演習のノルマみたいなものがあるんじゃないかと思ってね」

「ないよ」

男はザックのポケットに地図をしまった。「おっさん、俺をホントに自衛官だと思ってたのか？　明らかに私服で、ちゃちな地図とコンパスだけしか持ってないのに？そんな装備で演習する自衛官なんていねえよ」

「じゃ、じゃあ、なんだい。ただキャンプしにきたひと？」

明男は、男に笑いかけようとして失敗した。震える膝を励まして立ちあがり、男から距離を取ろうとあとずさる。男は動かず、怯える明男を観察している。

ふいに思い当たって、明男は声を荒らげた。

「青木という名も、嘘《うそ》なんだな」

荒らげたつもりが裏返って、なんだか悲鳴のようになった。なぜやすやすと信じてしまったんだろう。ここは青木ヶ原樹海じゃないか。正体不明の男の真意がつかめず、なにを意図して、男は明男の同行を許したのか。

明男は混乱した。腋《わき》の下に冷や汗がにじんだ。

「死人に名前は必要ないだろ」

男は吐き捨てるように言い、一歩踏みだす。「なあ、あんたさ……」

明男はおののき、まわれ右すると一目散に走りだした。「うわーっ」と腹からわめき声があふれた。

「おい！」

男に呼びかけられたと思った瞬間、明男の体は溶岩の切れ間に落下した。男が腕をつかみとめようとする感触があったが、まにあわない。

「大丈夫か、おっさん！」

なにが起こったのか把握できず、明男は穴の底に座りこんでいた。見上げると、二メートルほどの高さにある穴の縁《ふち》から、男の顔が覗いていた。

「頭打ってないか？」

明男はうなずいた。

「ゆっくり立ってみな。骨、折れてない？」

「なんともなさそうだ。尻《しり》が少し痛い」

「うまく落ちたな」

男は息をつき、ちょっと笑った。「噴火のときに、溶岩が流れでた穴の痕《あと》だよ。ほら」

男が差しのべてきた右手を借り、なんとか穴から引っぱりあげてもらった。礼を言いかけた明男は、男の左 掌《てのひら》から鮮血が滴《したた》っていることに気づいた。

「きみ、怪我《けが》、怪我！」

「わかってる」

明男の落下を防ごうとしたとき、鋭い溶岩に触れて裂けたのだろう。おろおろする明男をよそに、男は背中から下ろしたザックを片手で探り、抗生物質らしき薬のシートを取りだした。

我に返った明男は、銀色のシートを受け取って薬を弾きだし、ペットボトルのキャップを開けた。男は雨水で薬を飲み、左手をタオルで巻いた。

「本当に世話が焼けるなあ、トヤマさん」

手近な木の幹にもたれて座り、男は舌打ちした。血はまだ止まっていないらしく、なにかを誓うように左手を肩の高さに挙げている。

「ほら、死ねよ。見ててやるから」

男が顎で、明男の背後を示した。振り返ると、午後の光が葉の合間からこぼれ、倒木は座り心地のいいソファのようにも見えるのだった。

なにもいま、そんなふうに言わなくてもいいだろう。明男は悔しくもあり、腹立たしくもある気持ちで、森のなかの明るい空間を眺めた。男を置いて、樹海の奥に歩いていってしまおうかと思った。だが、男が怪我をしたのは明男のせいだ。ずいぶん血が出ているのに、置き去りにするのは心配だし後味が悪い。いや、心配なのも本当だが、半分は、一人で樹海をさまよわずにいるための言い訳かもしれなかった。

明男は、男のかたわらに突っ立っていた。

「悪い」

と言って、男がため息をついた。「ちょっと動転して、八つ当たった。気にしないでくれよ、トヤマさん」

明男と男は、また連れだって樹海を歩きはじめた。

片手しか使えない男にかわり、明男は苦労して焚き火をし、テントを張り、缶詰の夕食をととのえた。男はだるそうに地面に座っている。傷のせいで発熱しているのかもしれない。だが、額を冷やそうにも余分な水はない。せめてもと、明男は雨水で湯冷ましを作って男に飲ませた。

息子と言っていい年齢の男に助けられ、さんざん迷惑をかけておきながら、死に場所を見いだせずにいる。意気地のない、未練がましい自分と決別するために、明男は所持品を焚き火にくべた。数枚の札が入った財布、免許証、カード類、携帯電話。

「世話になった」

きみ、と呼びかけようとして、やはりやめた。「青木くんが出発したら、明日こそここで死ぬから」

男がなにもので、なんのために樹海にいるのかなんて、些細《ささい》なことだ。青木と名乗った男は、ぶざまに森で倒れていた明男に声をかけてくれた。明男を樹海の奥まで案内し、食べ物をわけ、助けてくれた。明男はここ数カ月というもの、家でも会社でも、こんなにだれかと会話したことはなかった。

最後の最後に、樹海で青木と行きあえてよかったと思えた。

明男の存在を証明するものが、黒く焦《こ》げていく。男は黙って炎を見ていた。

うめき声を聞いて、明男はテントのなかで目を覚ました。まだ夜中だろう。のしかかるように、闇があたりを包んでいる。

枕元《まくらもと》に置かれた小型の懐中電灯をつけた。男が額に汗を浮かべ、苦しげにうなっていた。熱が高い。

「青木くん、薬を飲んだほうがいいんじゃないか。どこに入ってる」

明男が尋ねると、「ザックの左側の内ポケット」という返事だった。明男はザックの中身を寝床に広げ、昼間に見た抗生物質を男に渡した。薬が効いたのか、しばらくして男の寝息は少し楽そうなものになった。

明男は安堵《あんど》し、散らかした品を苦心しながらザックに詰めなおす。輪ゴムで束ねられた薬のシートと、未開封のウィスキーの瓶《びん》があることに気づき、手を止めた。

どういうことだ。

眠る男のそばに座り、明男は凝然《ぎょうぜん》と暗闇を見つめた。

夜が明けても、男は具合が悪そうだった。気だるげに焚き火にあたっている。

「わたしはもう飲んだから」

と、残り少ないペットボトルの水を男に譲った。明男は小用を足しにいくふりで、朝露を含んだ苔をこっそり舐《な》めてみた。舌に冷たく湿った感触はあったが、さすがに喉を潤《うるお》すほどではない。しかも、土のにおいなのか、なんだかカビっぽくて閉口した。

火の近くに戻り、男の横顔をうかがった。頬が赤く、目は熱で濡れたように鈍《にぶ》く光っている。

「だれか呼んでこようか」

明男はおずおずと申しでた。

「だれをだよ」

と、男は肩を揺らした。熱で動けそうもないのに、男からはあせりも不安もまるで感じられない。明男は夜来考えつづけて出した結論を、思いきって男に投げかけた。

「青木くん。きみも、死ぬために樹海に来たんじゃないのか」

「大荷物を持って？」

ゆるく腕を振ってザックを指し、男は馬鹿《ばか》にしたように笑う。「そんなやつはいないよ」

「薬がいっぱい入っていた。あれは睡眠薬だろう？」

男は膝に腕を載せ、まえかがみの姿勢になった。苦しいのか、と聞こうとして、明男は男の肩に手をかけた。

すごい熱だ。

明男は仰天し、急いで立ちあがった。

「だれか呼んでくる」

「だから、だれを」

「だれでもいい。救急車、そうだ救急車を呼んで……」

「無理でしょ」

男はあきれたというふうに吐息した。「それにトヤマさん、ゆうべ携帯を燃やしちゃったじゃないか」

「きみの携帯は！」

「樹海には電波届かないよ」

明男はそれでも、ザックの底から男の携帯電話を見つけだした。何度も試すが、圏外だ。

「遊歩道まで出るぞ。どっちだ」

明男はザックを背負った。

「死にたいんじゃないのかよ」

ぼやく男の袖口をつかんで引っぱる。

緑が発散する濃厚なにおいのなかを、明男と男はてくてく歩いた。葉にさえぎられながらも地面に射す光が、黒白《こくびゃく》の檻《おり》のような縞《しま》を空中に描く。苔から蒸発する水分が、風景を揺るがせる。姿の見えない鳥が鳴き、どこかで獣が枯れ枝を踏んだ。

果てのない深い森を二人は進む。この世から、言葉を持つ生き物はすべて消え失せてしまったように思われた。

ずいぶん長く歩いた気がしたが、樹海の周縁にはたどりつかなかった。ここでは距離も時間も方角も、認識の網目《あみめ》を野放図にすりぬけていく。すでに死後の世界にいるのかもしれない。

蒸し暑さとあせりで朦朧《もうろう》としだしたころ、二十メートルほど離れた木の下に、青い作業着を着た男が立っているのが見えた。

「青木くん、ひとだ」

遊歩道が近いということだ。明男は小躍《こおど》りし、「すみません!」と声を張りあげた。聞こえないらしく、作業着の男は振り向かない。木の根を踏み越え、明男は作業着の男に近づいていった。

「すみません、もし車でいらしたなら、病院まで乗せて……」

言いかけて立ちすくむ。ふいに腐臭が鼻をつく。見るな、と頭のどこかで警告が発されたが、明男は目をこらした。

作業着の男の黒々とした後頭部が、不穏に蠢《うごめ》いていた。頭髪が風にそよいでいるのだと思ったが、ちがう。黒い点の集合体だ。それは明男の接近を察知して、パッと空中に散った。

深閑とした森に響く物音が自分の発する悲鳴だと、明男はしばらく気づけなかった。人間の声とは到底思えぬ叫びを、放っているのが自分だとは。

作業着の男の、後頭部と思われたのは顔面だった。頭髪と見まごうほどびっしりとたかったハエが飛び立ったあと、現れたのは腐った皮膚がずる剝《む》け原形を留《とど》めていない顔だった。

爪先《つまさき》から地面まで、かすかな距離を残して首を吊った作業着の男は、絶命したあともほぼ直立する体勢を保ったまま、いまや腐肉の塊《かたまり》と化していた。

鼻と口からは死の臭《にお》いが、耳からは重なりあって轟音《ごうおん》と感じられるほどのハエの羽音が、明男の体内に入りこんでくる。体じゅうの穴という穴を塞ぎたいと思うのに、明男は叫びやむことができなかった。

「トヤマさん！」

追いついた男に肘《ひじ》をつかまれ、明男は死体から遠ざけられた。羽音が小さくなり、死体が木陰に隠れても、臭いはまだ体のなかに漂いつづけていた。明男は男に引きずられるまま歩く。叫びは「あー、あー」という平板な喉の震えに変わり、やがて消えた。

明男は男の手を払い、苔のうえに激しく嘔吐《おうと》した。死臭を塗り替える饐《す》えた臭いが、ありがたいほどだった。

「変なひとだな」

熱でぼんやりした顔つきで、男は明男を眺めていた。「あんたもそのロープで、首を吊ろうとしてるくせに」

腕にかけて持ち歩いていたロープを、明男は地面に振り落とした。禍々《まがまが》しい毒蛇《どくへび》が絡《から》んでいることに、はじめて気づいたような激しさで。

叫んで嗄《か》れた喉から、途切れ途切れに言葉を押しだす。人間の体が、あそこまで崩壊するものだとは思っていなかったんだ。

男はロープを拾い、不思議そうに首をかしげた。

「死んだあとに自分の体がどうなろうと、べつにどうでもいい気がするけど」

死体を目撃したあとの明男は、しばらくなにも考えることができず、結局、地図とコンパスを手にした男のあとをついて歩いた。ふらつく足取りで男がどこへ向かおうとしているのか、問う気力もなくしていた。

遊歩道にはついに到達することなく、水と食糧が尽き、樹海で迎える三度目の夜が来た。明男と男の持ち物のなかで、口に入れられるのは睡眠薬とウィスキーだけになった。

これからどうすればいいのだろう。

倒木に腰かけ、明男は焚き火の炎が小さくなっていくのを眺めていた。夜の森を形づくる影の濃淡が、炎にあわせて揺らめく。そのたびに明男は、腐敗した死体を幻視してびくついた。

「トヤマさん」

テントのなかから男が呼んだ。「そろそろ入ったら？　冷えるだろ」

さきに休んだものと思っていた男は、ウィスキーを飲んでいた。二リットルのペットボトルをナイフで半分に切り、コップがわりにしている。明男のぶんのコップも作ってあり、すでに酒が注がれていた。

「トヤマさんも飲む?」

雨が降っても、もう水を蓄えることはできないな。明男はそんなことを考えながら、茶色い液体が入ったプラスチックの四角い器を受け取った。

向かいあって座り、ちびちびと酒を飲んだ。狭いテントには、風呂《ふろ》に入っていない互いの体臭と、男の発散する熱が充満していた。

「今日も『夏の大三角』が出てた?」

男に聞かれたが、明男は答えることができなかった。あれほど明男を感激させた夜空を、いまは見ようとも思わなかった。最初の夜、男も同じ気持ちだったのかもしれない。

心を動かすすべてのものから、できるだけ遠ざかっていたい。樹海の溶岩や苔や木に静かに同化していきたい。

だけど人間は、溶岩や苔や木とはちがう。生きているときも死んだあとも、においを発しめまぐるしく形を変化させる。森の静けさとは程遠い心と肉体。

あぐらをかいて、膝が触れるほど近くに座る男は、なんだか体が傾いている。

「熱があるのに、酒なんか飲んで大丈夫なのか」

明男が問うと、

「だいじょーぶ、だいじょーぶ」

男はやや呂律《ろれつ》がまわっていない口調で答えた。「トヤマさんが言ったとおり、俺も死ぬためにここに来たんだよ」

「そうか」

驚きはなかった。「でも、どうして？　きみは若いし、サバイバルにも向いているように見える。わざわざ死ななくたって、生きていく手段はいくらでもありそうなのに」

「そりゃあ、サバイバル向きだと思う」

男はウィスキーの瓶を手に取り、軽く揺らした。瓶には五分の一ほど酒が残っていたが、注ぎ足すことはせず、またテントの床に戻す。

「元自衛官だもん」

「道理で」

「俺、父親の顔を知らないんだ。あんまりいつまでも母親に迷惑かけたくなくて、高校卒業してすぐ、自衛隊に入った。給料もらいながら、免許とかいろんな資格を取れるのって、得だろ」

「ああ」

「でも、ちょっと面倒な筋と知りあいになってさ。あともどりもできなくて、除隊してからもそいつらと仕事してたんだけど、いよいよのっぴきならない感じで。ちょうど母親も死んだし、もういいかなあと思った」

「そんな程度で？」

と思わず言ってしまってから、「いや、その」と明男は口ごもった。

「なにも死ななくてもいいんじゃないか。首がまわらないほど借金があるわけでも、働く場がないわけでもないんだろ？」

「あんたにはわからないだろう。心配してくれるひとが一人もいないまま生きてくってのが、どんなことなのか」

静寂しかないような森にいても聞き取りづらいほど、男の声は低く小さかった。

「ある日ふいに姿を消しても、だれも探さずだれも悲しまない、都合のいい人間。これからも俺のまわりには、クズばっかり集まってくるはずだ」

自分も死ぬために樹海に来たのにおかしなことだが、明男は急に、男を引きとめたくなった。

「きみのお母さんが、あの世で悲しむ」

「あの世なんかねえよ」

男は笑った。「トヤマさんだって、俺から見たら死ぬ必要なんてないように思える。いまはちょっと躓《つまず》いてるかもしんないけど、家族がいて、これまで真面目《まじめ》に働いてきた実績があるじゃないか」

ああ、そうか。明男は即席のコップに視線を落とした。残り少なくなった茶色い液体が、懐中電灯のほのかな明かりのなかで、琥珀《こはく》のように光っていた。

他人からすると「どうして」と思えるようなことで、ひとは死を選ぶときもある。苦しみはいつでも、相対的なものではない。一人で引き受け、さまよわねばならない種類の苦しみを抱えたから、明男も男もここにいる。

「何日か、ゆっくり考えてみてから決めるつもりだった」

男はコップの中身を飲み干した。「もしかしたら、生きていてもいいと感じられるものが見つかるかなと思って。未練がましいけど」

「見つかったか？」

「どうだろう」

熱で潤《うる》んだような黒い目が、明男を見ている。「トヤマさんが名古屋に住んでたのって、何年ぐらいまえ」

「二十代の後半だから……、何年まえかな」

酔いがまわってきたのか、咄嗟《とっさ》に計算できない。「どうして」

「そのころ、つきあってる女はいた？」

残念ながらいなかった。明男は奥手もいいところで、三十になってようやく妻と見合いで結婚するまで、女とはほとんど無縁の暮らしだった。

そう答えようとして、「まさか」と思い当たる。まさか、この男はわたしを父親ではないかと疑っているのだろうか。

否定することもできたが、明男はなぜか、

「さあ、どうだったかな」

と曖昧《あいまい》に答えた。見栄《みえ》だったのかもしれないし、つきあうとまではいかなくとも女を抱いた覚えが皆無ではなかったからかもしれないし、こういう息子がいたら自分の人生も少しは楽しかったろうと思えたからかもしれないし、曖昧に答えることで男の命を長らえさせられるような気がしたからかもしれない。

互いの思惑《おもわく》を計る緊迫した数瞬ののち、

「そっか」

と男は言った。「トヤマさん。もう死ぬつもりはなくなったか」

明男もコップの中身をからにした。「少なくとも、首を吊るのはこりごりだが……。このままでも、どうせわたしたちは死ぬしかないんじゃないか。食べるものもなく、樹海で迷子になっているんだから」

「よくわからない」

「このなかに」

と、男は酒瓶を振った。「砕《くだ》いた睡眠薬を溶かしておいた。一緒に飲もう。寝袋をかけずにいれば、明け方の冷えこみで体温を奪われて、眠ったまま苦しまずに死ねる」

どうすればいいのか、本当ははなからわかっていた。食べ物も水も尽きたら、残った酒と睡眠薬を飲む。順当だ。死ぬために樹海に来たのだから、あたりまえのことだ。

だが明男は、抗《あらが》いたくなった。まったく不可解としか言いようのない心の動きだったが、男を死なせたくないと強く思った。

息子のような年の男。息子かもしれない男。樹海で倒れていた明男を見過ごしにせず、明男の話に耳を傾け、数日をともに歩いた男。

「そうだな」

と明男は言った。「だが、男同士がテントのなかで一緒に死んでいるというのは、どうだろう。万が一発見された場合、心中みたいで外聞が悪いじゃないか」

「それもそうだ」

男はうなずいた。「俺はトヤマさんのロープを借りて、ちょっと離れた場所で首を吊るよ」

「いや、しかし」

明男はあわてた。「一人で死ぬというのも、心細い気がするな」

「どうしたいんだよ」

男はあきれたように、頰で嗤《わら》った。「じゃあ、トヤマさんの意識がなくなるまで、テントにいよう。俺は一人でも平気だから」

さあ。男は瓶に残った酒をすべて、明男のコップに注いだ。明男は喉を震わせ、コップと男の顔を見比べる。

男の目は、憎しみと悪意に輝いているようだった。男をこの世界に生みだし、捨てて姿をくらましたのだろう父親への憎悪《ぞうお》と、男を弾きだしてなおも平然とまわる世界への嫌悪に、昏《くら》く光り輝いているようだった。

覚悟のほどを試されていると、明男は感じた。

死を口走ったあんたはどこまで本気なのか。家族を捨てて死を選べるほどに、あんたの絶望は深いのか。

俺と同じぐらいに？

男は黙って明男を見ている。

もしかしたら、男は自分だけ生きるつもりかもしれない。首を吊るつもりなどさらさらなく、睡眠薬入りの酒を飲んで昏睡《こんすい》した明男を残し、一人で森から出るのかもしれない。

ああ、鬱陶《うっとう》しいオヤジだった、清々《せいせい》したと、ザックを揺すりあげて。母親への供養《くよう》に少しはなったかなと、晴れ晴れした表情で。

それもいいような気がした。明男が死ぬことで男の気持ちが晴れて、生への活力を少しでも取り戻せるのなら、言うことはない。よしんば、男が首を吊ったとしても、たまたま樹海で行きあっただけの明男と男は、死の瞬間、互いの苦しみを等価にわけあえる。

どちらに転んでも、無為《むい》に死ぬはずだった自分が少しはだれかの役に立てるのだと思えば、それだけでもう充分なような気がした。

明男は穏やかに満たされた思いで、男のついだ酒を一息にあおった。少し苦く、喉にざらつく感触がした。

男はかすかに笑みを浮かべたようだった。テントのすぐ下にある、ごつごつした溶岩が背を刺したが、すぐに気にならなくなった。

寝袋を脇《わき》によけ、明男は横たわった。

男はちゃんとかたわらに座っているのだろうか。懐中電灯を消したのか、睡眠薬のせいで視界が暗くなりつつあるのか、顔を向けても姿がよく見えない。不安になって呼びかけた。

「青木くん、そこにいるのか」

「いるよ」

と男の声がした。

カチリと音がし、煙草の香りが漂った。

「なにかしゃべってくれ」

「ベガ、デネブ、アルタイル。夏の大三角を俺に教えてくれたのはおふくろだ。頼みもしないのに、安い星座早見表を買ってくれたよ。おふくろは、星を見るのが好きだった」

急速に眠気が襲ってきた。

「たぶん、つきあってた男のなかにでも、星好きがいたんだろう。すぐ感化される女目を開けているのか閉じているのかもわからないまま、明男の意識は闇に引きこまれていった。

「トヤマさん、眠った？」

ベガ、デネブ、アルタイル。

男の声が呪文《じゅもん》のように、耳の底に静かに響いていた。

「ちょっと、ちょっとあんた」

だれかが呼びかけ、肩をゆさぶっている。

明男は苦労してまぶたを開けた。開けたとたん、日射しが網膜《もうまく》を刺した。

テントの出入り口は大きく跳ねあげられ、野球帽をかぶった中年の男が二人、這いつくばるようにして心配そうに明男を覗きこんでいる。

事態を飲みこめず、明男は身を起こそうとした。起きあがれなかった。明男の体はきっちりと寝袋に包まれていた。

どうやって開けるんだ、これは。

明男が身じろぐと、察した男の一人が寝袋のジッパーを下げてくれた。すがすがしい朝の空気が、肌をぬぐうようだ。

「ええと……」

ようやく自由になった手で、明男は痛むこめかみを押さえた。吐くほどではないが、胃もむかついている。明らかに二日酔いの症状だ。

「あんたこんなとこで、なにしてんの。立てる？」

「まさか自殺しようとしたんじゃないだろうね」

中年の男二人は、安堵と憤《いきどお》りの混ざった口ぶりで次々に問いかけてきた。やっと頭がまわりはじめ、明男は飛び起きた。錐《きり》で突かれたように脳みそが痛んだが、かまってはいられない。

「青木くん！」

テントからは、黒いザックが消えていた。あいた酒瓶が転がっているだけだ。

「青木くんはどこです」

「だれ、それ」

「若い男で、背は……」

説明するのももどかしく、男二人をかきのけるようにして明男はテントを出た。周囲を見まわすが、燃えつきた焚き火の跡があるのみで、死体をぶらさげた木はなかった。

鳥の鳴き声に混じり、車のエンジン音が途切れ途切れに聞こえてくる。

「あんた、本当に大丈夫かい」

「まったくひとさわがせな。ほら、とにかくこっち来て」

男二人に両腕を取られるようにして、明男はよろよろと歩いた。途中で何度も振り返ったが、青木と名乗った男の姿を、木々の合間に見つけることはできなかった。

驚いたことに、二十メートルほども進むと林道に出た。舗装されてはいないが、轍《わだち》がくっきりと刻まれている。近隣の住民が頻繁に使っているようだ。男たちが乗ってきたらしい軽トラックが、車がすれちがうための待避所に停まっていた。道の向こう側は、すでに樹海とは言えない程度の林で、ところどころに別荘風の丸太小屋や畑があった。

「いくら夏だからって、あんなとこで寝てちゃ、死ぬこともあるんだぞ」

「金がないなら、警察まで送るから」

明男は手ぶらで、汚れきった背広姿だ。ここでなにをしようとしていたか、一目《いちもく》瞭然《りょうぜん》だろう。だが二人の男は、自殺志願者に慣れているのか、刺激してはまずいと思っているのか、ほとんど優しいと言ってもいい声音《こわね》で明男をうながした。

明男は混乱し、なにもかも取り残された気分だった。ほかにどうしようもなく、

「はい」とうなずく。

中年の男たちが、ほっとしたように目を見交わした。

「気づいてよかったよ」

男の一人が、樹海のほうへ顎を振った。林道からは、ドーム型のテントのてっぺんがわずかに見えた。

「これがなきゃ、さすがに見過ごしてたところだ」

もう一人が、道ばたの木に結びつけられたロープに手をかけた。見覚えがある。明男のロープだ。ロープはテントのある位置を示すかのように、二本の木のあいだにピンと張られていた。

青木くん。

嗚咽《おえつ》がこぼれた。きみは最初から、こうするつもりだったのか。わたしを助けるつもりで、こんなに林道から近い場所にテントを張り、酒を勧めたのか。いまとなっては、どれぐらいの量の睡眠薬が入っていたのか、本当に睡眠薬入りだったのかもわからない、あの酒を。

明男はあふれる涙を掌でぬぐった。いい年をして手放しで泣いているのが恥ずかし

かったが、止まらなかった。死なずにすんだとわかると、あれほど死んでもいいと思ったのが嘘のように、うれしかった。だれかに、少なくとも青木と名乗った男に、生きてもいいと許されたのだと思った。

それで青木くん、きみはいったい、どこへ行ったんだ？

怪我をして、熱が高かったのに。まさか、目印のロープを結んだあと、再び樹海に戻ったということはないだろうか。

いますぐ探しにいきたかったが、装備もなく樹海を探索できるはずもない。中年の男二人は少し迷惑そうにしながらも、明男が落ち着くのを待っている。

「あんた、もしかして連れがいたのかい」

「だったら、そのひとは無事だと思うよ。ロープを張りに林道まで出たのに、わざわざ死にに戻る道理がないから」

なだめるように言われた言葉にすがり、明男は軽トラックの助手席に座った。男の一人は荷台に乗り、運転席の男は明男の放つにおいに辟易《へきえき》したのか、窓を開けた。

車は林道を走りだした。

きっと無事だ。無事でいるにちがいない。

揺れに身を任せ、明男は目を閉じた。

ザックを背負ってバス停を目指し、朝靄《あさもや》のなか林道を歩み去っていく青年の姿を、思い浮かべようとした。

遺言

「やっぱりあのとき死んでおけばよかったんですよ」

きみがそう言うのは五十八回目ぐらいで、正直なところいい加減うんざりだ。私の考えをここに記しておこうと思う。

まず吟味せねばならないのは、きみがいったいいつを指して、「あのとき」と言っているのかということだ。「いつのこと?」と尋ねれば即座にはっきりするような些《さ》細《さい》な疑問ではあるが、尋ねることによって勃発《ぼっぱつ》するだろう事態(「そんな質問をされるとは思いませんでした」「聞かなくてもわかりそうなものじゃありませんか」「聞かなきゃ察しのつかないあなたの鈍《にぶ》さが腹立たしい」など、永遠につづくかと思われるきみの嘆き節)を私は望まない。できることなら、そのような事態に陥《おちい》るのは回避したいところだ。

そこで、「あのとき」がいつを指すのか、私なりに推測してみることにする。この推測が誤っていたら、本稿全体が無意味という名の灰燼《かいじん》に帰すわけであるが、まあ大きく誤るということもなかろう。その程度の自信はある。きみとはずいぶん長くともに暮らしてきたのだから。

この年まで生きるあいだには、死んだほうがましだと思う事態にも当然ながら直面した。我々の、つまりきみと私の、脳裏に死という言葉が選択肢として真実よぎったのは、概《おおむ》ね以下の三度ではなかろうかと思う。そのほかの、きみ曰《いわ》く「死んでおけばよかった」云々《うんぬん》は、単なる愚痴といおうか、私への不満をぶつける際の枕詞《まくらことば》といおうか、とにかく斟酌《しんしゃく》するに値しない口癖のようなものだと判断している。

最初は、我々が一緒になることを互いの親に反対されたときだ。あそこまで激烈な拒否反応、口を極めた罵《のの》しりを浴びせられるとは予想だにしなかった我々は、困惑も反発もしたが、なにより哀《かな》しみを覚えたものだった。いま考えれば親の怒りももっともだ。なんといっても、我々は若かった。食べていく手段も持たぬほどに。

まあ、理由はほかにも多々あったろう。私は中身も見た目もお世辞にも冴《さ》えているとは言い難かったが、きみの父上は金銭にも地位にも恵まれたひとだった。一言で言えば立派な人物だ。世間知らずなきみのことが心配でならなかった親心もわかる。そんなきみの親に、きみと交際したいと言ったときの私の恰好《かっこう》も酷《ひど》かった。海水着姿で手には海草をぶらさげ、「本気なのです。どうか交際を認めてください」と意気込まれても、首肯《しゅこう》しかねるだろう。しかし言い訳させてもらえば、きみの父上が我々のデートの現場に乱入してきたのだ。素潜《すもぐ》りをしていた私が水着なのはいたしかたないところだ。

にもかかわらず、浜辺にいたきみが父上の出現にただ青ざめるばかりで、「ふだんはもうちょっとパリッとしている」などの援護射撃をなんらせずじまいだったのは、気配りと人情の面でいかがなものなのかと、思い返すたびにいまも歯がゆくてならぬ。

若い二人の後をつけ、海水浴場での逢瀬《おうせ》に無粋にも突如踏みこむのは、いくらきみ可愛《かわい》さから出た行いとはいえ、けして褒《ほ》められたものではない。しかし私は当時から、きみの父上の振る舞いを内心で許していた。きみを愛する父上の思いを感じたからだ。父性愛と肉体的欲求を伴う思慕との違いはあれど、きみを大切に思う点では人後に落ちぬものが、私以外にもたしかに存在する。その事実を目《ま》の当《あ》たりにして私は、きみの父上に同志的尊敬の念を抱いたし、ご両親に大切に育てられたきみを、私もますます大切にし深く愛さねばならないと意を新たにしたものだ。

探偵じみた行いをしたきみの父上を、面と向かって非難できぬ事情もあった。これはじめてきみに打ち明けるのだが、実は私も似たようなことをしたのだ。きみは、私と出会ったのは二宮《にのみや》の公会堂での音楽会だと思っているだろう。偶然出会ったのだと思っているだろう。そうではない。そのまえから、私はきみを知っていた。なんとかしてきみに近づき、言葉を交わし、できるなら特別に親しくなりたいと機をうかがっていた。

もっと正直に白状すれば、半年ものあいだきみを尾行していたのだ。いまで言うところのストーカーだ。しかし、物陰から意中のひとをそっと見つめるしかない純情を、やむにやまれぬ恋心を、十把一絡《じっぱひとから》げに犯罪だと決めつけるのは早計だ。雌伏《しふく》すること半年、きみが公会堂で催される『モーツァルト管弦楽の夕べ』を聴きにいく、との情報を入手した私はついに覚悟を決めた。数人の友人とともにチケットを買って眠気と戦い、お手伝いさんと家路につこうとしたきみをぎこちない態度でロビーで呼び止め、あとはきみも知ってのとおりだ。

あのお手伝いさん、名はなんと言ったかな。そうだ、君《きみ》さんだ。彼女の温かき見て見ぬふりがあったればこそ、我々は恋を育《はぐ》むことができた。そういえばきみから、「君がとうとう嫁いでいったそうです」と寂しそうに報告された覚えがある。その後、彼女はどうしたろう。我々よりいくらか年長だったと思うが、元気でいるだろうか。あの晩、公会堂についてきてくれた私の友人は、すでに半数がこの世のひとではなくなった。友人たちのからかい半分、半ばは本気の後押しがなかったら、私はきみに声をかけられずじまいだったはずだ。

この年になると、若い時分が夢か、かつて読んだ小説のなかの出来事のように思えてくる。記憶を共有するものが一人減り二人減りするからかもしれない。

たとえ全《まっと》うしたとしても、百年もすれば証《あか》すひともなく消え失《う》せてしまう多くの愛や行いを、それでも熱心に為《な》さずにはいられない。ひとというのはつくづく不可思議な生物だ。

少し話が逸《そ》れた。では私がどこではじめてきみを見たのか、きみは怪訝《けげん》に思っていることだろう。

耳鼻科だ。本町《ほんちょう》に西田《にしだ》医院という耳鼻科があったのを覚えているか。あそこだ。

きみも知ってのとおり、私は耳掃除が好きでたまらず、一日に一度は耳搔《みみか》きを手に取る。そのときも耳掃除をしすぎて外耳炎になり、西田医院の待合室で薬が処方されるのを待っていた。

きみはたしか、喉《のど》に引っかかった魚の小骨が取れないと言って来院した。ドアを開けて制服姿のきみが入ってきた瞬間、私は右耳から側頭部にかけての脈打つような痛みを忘れた。きみはゆっくりとスリッパに履き替え、受付で恥ずかしそうに来意を告げた。

小骨か、と私は思った。かなうことなら小骨になってきみの暗い筒のなかに入りこみ柔らかい粘膜に突き刺さりたかった。

薬を受け取った私は西田医院の向かいの本屋で、これ見よがしな親父《おやじ》のハタキ攻勢を耐え忍びつつ、きみが出てくるのを待った。その日から、半年に及ぶ尾行生活がはじまったのだ。

モーツァルトと耳鼻科とでは甘露《かんろ》と鼻水、イメージに雲泥《うんでい》の差があるときみは言いたいかもしれぬが、これが事実なのだからしようがない。ときと場所を選ぶいとまもあらばこそ、私は耳鼻科の待合室で雷撃を受けた。一生に一度の恋に落ちたのだ。

尾行の甲斐《かい》あって私はきみの家を知り、きみの通う学校を知った。

きみの家は海から五分の高台にあり、町のどこからでも重厚な屋根瓦《がわら》が日を弾《はじ》くのを見ることができた。しかし敷地は高い白壁に囲まれ、門は常に固く閉ざされていた。あの屋根の下にきみがいるのだと思っては、私が悶々《もんもん》としたのは言うまでもない。

学校への行き帰りの際しか、きみを垣間見《かいまみ》る機会はなかった。無論、私にも学業はある。毎朝、坂の途中の十字路にひそんできみを待ったが、とうとう会えずじまいのまま登校せざるをえないときも多かった。そんな日は気落ちするあまり、弁当がうまく喉を通らなかったほどだ。

授業が終わると鞄《かばん》をひっつかんで教室を飛びだし、きみの通う学校へ走った。うまくすると、校門を出たきみが高台の家に帰るまで、後をついて歩くことができた。きみに振り返ってほしいのか、このままきみの背中だけ見つめてずっと歩きたいのか、どちらともつかぬ思いに掻き乱れた。

きみが放課後に、学校に隣接する運動場で球技に興じていたことがあった。運動場といっても、野原に簡単な柵《さく》をめぐらせただけのものだ。私は下校途中にちょっと一息つくふうを装《よそお》い、運動場の隅に侵入した。きみときみの友人は輪になって歓声を上げていた。晴れた空に行き交う白いボールを、ボールを笑顔で追うきみを、私は気づかれぬように見つめた。

きみに恋をして知ったことはたくさんあるが、そのうちのひとつが、変身願望が異常に高められるということだ。

私はあのとき、ボールになりたかった。小骨につづいて、今度はボールだ。きみに触れるすべてのものになりたくてたまらなかった。きみの喉の粘膜の感触と湿り気を知る小骨に嫉妬《しっと》するだけに留《とど》まらず、きみの掌《てのひら》に包まれ、きみの肌に弾かれるボールはいまいかなる気分でいるのだろうかとうらやんだ。

想像をたくましくして、きみに翻弄《ほんろう》されるボールになっている私のもとへ、実物のボールが飛んできた。それはきみが投じたボールだった。受け取り損ねたきみの友人の一人が、駆けてきて私のまえで一礼した。しかし私の視線はひたすらきみに注がれていた。きみは隣りあわせた友人となにか喋《しゃべ》っていたが、私の注視に気づいたのか、体の向きをつと変えて、ボールが柵の外へ出るのを防いだ私に対し、遠くから軽く会《え》釈《しゃく》を寄越したようだった。

きみから放たれた白球は矢となって過《あやま》たず私の胸を射抜き、私はとうとう致命傷を負ったのである。

その日から音楽会の夜までの、ますます深くなった煩悶《はんもん》と、ついにきみのまえに姿を現してからの展開については、多言を要さないだろう。

きみは私の思いを受け入れ、応《こた》えてくれた。きみの微笑《ほほえ》み、きみと歩く見慣れた町並みが、どんなに私の心を明るくしたか、きみは想像したことがあるだろうか。きみが考えるより数十倍強く、きみは私の精神に影響力があった。きみの言動、ふとした気色《けしき》で、私は世界一幸福にも不幸にもなるように感じられたものだ。

だが、きみの父上は我々の交際を許さなかった。我々はそうおいそれとは会えなくなった。登下校するきみに近づこうものなら、きみの家に住みこむ屈強な男が二、三人、どこからともなく現れて腕っぷしをひけらかした。デートの約束をしようにも、手紙も電報も電話も取り次いでもらえない。

きみからの接触を待っても無駄だった。きみの行動が消極的だったと責めているのではない。きみには自由がほとんどなかった。高台の家でも、学校への行き帰りの道でも、きみは監視と好奇の目に私以上にさらされていた。きみの父上、父上のご機嫌をうかがうしかない大人しい母上、きみの家の使用人、あの町の住人。あらゆるひとが、きみと私の恋に眉《まゆ》をひそめ、噂《うわさ》しあっていた。

若すぎる、ふしだらである、世間の常識というものを踏みはずしている、と。

実際には我々は、まともに手を握ったことすらなかったにもかかわらずだ。私の家では、きみの父上に睨《にら》まれ、私の両親もすっかり萎縮《いしゅく》してしまっていた。私の恋はなかったことになっていた。だれもその話題に触れない。ただ、まちがいが起こらないようにと、私の行動の逐一をじめついた目で観察しているのだ。

机の引き出しにしまっておいたきみからの手紙が、忽然《こつぜん》とどこかへ消えたのに気づいたとき、私は情けなさと憤《いきどお》りでめまいがしたものだ。我が子に芽生えたうつくしい気持ちと生物として当然の欲求を、陰湿な方法で否定する存在など、どうして親と呼べるだろうか。

きみと交流する残された手段は、小さな紙片に思いを託すことだけだった。紙片は、私から私の友人へ、私の友人からきみの友人へ、きみの友人からきみへ、またはその逆の経路をたどって、短い言葉を届けてくれた。

しかし手紙とちがい、要点をほぼ一言で記さなければならない。「夢を見た」「会いたい」「いつ会える」「いまは無理」などとやりとりするうち、しりとりじゃあるまいしと、なんだか馬鹿《ばか》らしくなってきた。いっそのこと本当にしりとりをしたらどうかと、試みに「リンゴ」と書くと、きみは見事に私の意を汲《く》んで「ゴリラ」と返してきた。「ラッパ」「パンツ」「つくね」「寝坊」「ウシガエル」までつづいたところで、私は友人から文句を頂戴《ちょうだい》した。友曰く、

「二人の恋愛を応援すべく手伝いを買って出ているのだから、ふざけたしりとりはよしにしてほしい」

とのことだった。もっともだ。友人が我々の通信の中身を盗み見ていたことも自動的に判明したわけだが、これももっともと言わざるをえない。ノートの切れ端を二つ

折りにしただけの紙片を託されたら、なにが書かれているのか、だれだってそっと読んでみるだろう。

しりとりを自粛し、紙片を埋める言葉を探しあぐねているところへ、きみからの手紙が届いた。封書でもノートの切れ端でもなく、和紙に筆でしたためられたそれは、近所の飼い猫トラの首輪に結びつけてあった。

トラは数日に一度、私の家の小さな庭を悠々と横切った。私は机の引き出しに煮干しの包みを常備しており、折節《おりふし》トラとの交流を図ってきた。その夕方もトラが庭先に現れたので、煮干しを掌に載せ、濡《ぬ》れ縁《えん》にしゃがんだ。

ざらつく舌が、煮干しを器用にすくい取っていく。トラの首輪に結び文がついていることに気づき、私は好奇心に駆られた。トラの飼い主は四十代の後家のはずだが、ずいぶん風流なことをする。トラに手紙を託すとは、相手は近所のものか。

トラはまだ煮干しに夢中だ。私は首輪から結び文をはずし、開いた。墨の香りが広がり、「今夜八時、駅で」としたためられた筆跡は、たしかにきみのものだった。

ではこれは、きみから私への手紙か。急に動悸《どうき》が激しくなった。そういえば、たまに庭を訪れるトラネコの話をした覚えがある。人目を忍んでこの家の近くまで来たきみは、窮余《きゅうよ》の一策としてトラを捕獲し、首輪に文を結んで放ったのだろう。

しかし問題は、文面の「今夜」が本当に今夜なのか、ということだ。トラは大層気まぐれで、巡回路は不定だった。しりとり以来、紙片のやりとりも途絶えがちになっていた我々は、しばらく顔を見ることはもちろん、いかなる連絡も取っていなかった。きみがトラに文を結んだのはもう三日もまえで、「今夜」私が駅に現れなかったことに失望し、いまは高台の家で寝込んでいる、ということも十二分に考えられる。

ええい、ままよ。私は引き出しの煮干しを全部トラにやると、身のまわりの品を小ぶりの旅行鞄に手早く収めた。たとえ行き違いになったとしても、私は「今夜」八時に駅へ行くのだ。きみが呼ぶなら、駅で永遠に「今夜」を待ちつづける覚悟だ。

なにくわぬ顔で、両親と晩の食卓を囲んだ。これが最後になるかと思えば、なんの変哲もないみそ汁も両親の顔も、無闇《むやみ》にありがたく感じられた。

引力とは振りきってはじめて、捕らわれていたと気づくものらしい。それぞれの家から出奔《しゅっぽん》し、駅で手に手を取ったとき、私は自分がいかに親の庇護《ひご》と無言の圧力のもとにあったのかを知った。きみもたぶん、同じ思いを抱いたはずだ。きみの目は畏《おそ》れと高揚に輝いていた。

トラは間を置かずきみの文を届けてくれたのだ。きみの言う「今夜」はまさに今夜だったのだ。相まみえた喜びに震え、月のない夜空に我々の運命が新たな星座となってきらめくようだ。

無論、きみの親御さんも私の親も嘆くだろうと思えばうしろめたかったが、大胆な行動を選んだ自分たちが誇らしくもあった。

自由になったのだと思った。互いの愛だけを持って。


かように情熱的な我々の恋愛が迎えた終局、「終」の語感は縁起でもないということならば決着は、お世辞にも情熱的とは形容できぬものだった。きみはその事実を指して、「死んでおけばよかった」と言うのであろう。

顛末《てんまつ》を一気に書き記そうと思ったのだが、少し疲れた。近ごろでは集中力が二十分と保《も》たぬ。二十分書いては二時間昼寝し、また二十分書いては近所をぶらつき、といった毎日の繰り返しだ。これがきみの癇《かん》に障《さわ》るらしく、

「もうちょっと仕事したらどうです」

などと言う。

「パソコンを買ってから、あなたの作業効率はずいぶん落ちていますよ。本当に執筆だけに専念しているんですか。出会い系サイトとかいうものがあるらしいじゃないですか」

などと見当ちがいの疑惑を述べたてもする。

試したことはないが、出会い系サイトとは若い男女が主たる利用層なのではないか。私は若い男にも若い女にも興味はないのだ。向こうだって、私のごとき老人、しかもさしたる金もない老人に、かかずらわっている時間はないと言いたいはずだ。きみはいつまでも気分だけは若く、呑気《のんき》なものだ。きみが年を取ったぶんだけ、私だって年を取ったのだという事実を直視してもらいたい。

パソコンと作業効率低下の相関関係は、非常に単純である。
一、パソコンを仕事部屋に導入したのと期を同じくして、私の気力体力が加齢により大幅に低下した。
二、未《いま》だキーボードの扱いに慣れぬ。
原因は以上二点に尽きる。

目減りする気力体力をなだめすかし、キーボード相手に日夜奮戦を繰り広げる私の努力を毛一筋も汲むことなく、きみは仕事部屋に乱入してきては小言をまくしたてる。そのたびにこの文章をパソコン画面からさりげなく隠し、あたかも仕事の原稿を書くかのごときふりをせねばならぬのは神経がすり減る。

きみの言うとおり、死んでおけば簡単だった。小言を浴びせることも浴びせられるともなく、今月の生活費に頭を悩ませることもなく、うつくしい思いだけを抱えていられただろう。

しかし残念ながら我々は生きている。

最終の汽車に乗り、東京まで行った。夜行に乗り換え、もっと北へ逃げようと言ったのだが、きみは都会のほうが隠れるにも働くにも都合がいいはずだと主張した。一理ある。

我々は八重洲《やえす》口から深夜の街へ出て、目についた小さな宿に入った。ビジネス旅館と看板には書いてあったが、実質は連れ込み宿だったのかもしれない。女将《おかみ》は怪訝そうに我々を見たが、年も事情も尋ねることなく、布団《ふとん》と古ぼけた電気スタンドしかない四畳半に通してくれた。

「明日からは仕事を探しましょう」

ときみは言い、私もうなずいたが、我々は本心では死ぬしかないと思っていた。急なことで、私が持ちだせた金は小遣いに毛が生えたようなものだった。どうやりくりしても、二人で一週間と過ごせそうにない。きみはと言えば、ふだんから金を持ち歩くような暮らしをしていなかった。

「母の宝石を拝借してきました」

と袱紗《ふくさ》に包んだルビーやら真珠やらの指輪を私に見せたが、質屋で換金するのも気が引ける。また、我々のようなものが宝石を質に入れたのでは、出所をあやしまれるにちがいなかった。

煤《すす》けた窓ガラスの向こうから、不気味な圧が押し寄せるようだった。汽車に乗るときに感じた解放感は霧散し、若さという無力が我々を心細くした。

枕元には、女将が運んできた盆がある。白湯《さゆ》入りの鉄瓶《てつびん》と、縁《ふち》の欠けた湯飲みが二つ。綿《わた》の湿った布団をはぎ、我々は敷布に座って向かいあった。

きみが鞄から取りだした風呂敷《ふろしき》包みをほどいたとき、少ない衣類とともに、小さな茶色い薬瓶があることに私は気づいていた。

「どうでしょう」

と私は言った。

「そうですね」

ときみは言い、風呂敷を膝《ひざ》に引き寄せ、薬瓶を出して盆に載せた。「ネズミよけの青酸カリです」

私はきみを見た。きみも私を見ていた。

為すべきことが決まると、心持ちは晴れやかになった。今後を憂《うれ》う必要もなく、いまこのときを互いを思うだけで過ごせるのだ。これほどの幸せがあったのかと、喜びで息が詰まりそうだった。

私は震える手をのばし、きみの手に触れた。体温の低いきみの手が、私の手をそっと握り返してきた。

「どうでしょう」

と私はまた言った。きみはもう言葉を発することなく、我々は折り重なって敷布に倒れこんだ。はじめて目にし、触れるきみの肌に、もはや思い残すことはないと感じた。きみの喉から漏《も》れる呼吸とかすかな声は、私のものと絡まりあい纏《もつ》れあって、汗の味がする部屋の空気に消えた。

朝の光で白く染まった窓ガラスを眺めながら、我々はひとつの布団のなかで呆然《ぼうぜん》と横たわっていた。

きみが少し体を離し、枕元の薬瓶を取って、

「どうしますか」

と聞いた。私は無言で薬瓶を畳に放り、我々はあわただしくもう一戦交えた。

死ぬのが惜しくなっていた。まえの晩に知ったばかりの快楽は、まだ我々にその全《ぜん》

貌《ぼう》を見せず、井戸のような深みになにかをたたえているのだった。

我々は昼の電車で生まれた町に帰り、騒動を起こしたことを互いの両親に詫《わ》びた。監視はますます厳しくなり、我々は一年間ほとんど会えずじまいだったが、死への渇《かっ》望《ぼう》は遠のいていた。かわりに、宿での一夜を幾度となく反芻《はんすう》した。

肉欲に負けて心中を思いとどまるとは、なんという惰弱《だじゃく》。そう誹《そし》るものもあろうが、私は未だに、あの判断がまちがっていたとは思わないのだ。きみは不満があるかもしれないが、生を選んだおかげで我々は、肉体を使った探求を何十年も、思う存分することができたのではないか。そうは思わないか。

互いの井戸の底にあるなにかも、いまやさすがに枯渇の危機に瀕《ひん》している点は否《いな》めない。飽きというよりも加齢による性欲の衰えが原因だから、しかたがない。両名の協力のもとに長年かけて汲みつくした事実をこそ称賛したいと考えるのだが、きみはどうか。

二度目に死を選ぶかどうかの瀬戸際《せとぎわ》に立ったのは、ともに暮らしはじめて十年が経《た》つころだった。

この話題に触れることで、きみの怒りが再燃するのではないかとの懸念《けねん》を拭《ぬぐ》いきれぬのだが、私の過ちであったのは明白なので、触れずじまいではきみがさらに怒る。「死んでおけばよかった」を通り越し、「死んでしまえ」と言わんばかりの眼差《まなざ》しできみに詰《なじ》られるのは勘弁願いたいところだ。

ふだんどちらかというと温厚なきみの、怒りは一度火がつくと冷たく激しく燃えあがる。それを身に染《し》みて知ったのは、世に言う、つまり我々のあいだで言う、「朝顔事件」の際だった。

そのころの私は出版社に勤めており、学習参考書を作るのを業務の主体とする会社であったから、高校や大学の教師と接する機会もままあった。折からの受験熱の加速によって、新たな参考書や教材は待望されていた。私は現役の教師に執筆や監修を依頼し、『これだけ覚えれば必勝英単語』や『最難関物理実践問題集』などを次々に作った。忙しいが、充実した日々だった。特に、『これだけ覚えれば必勝英単語』は、受験生のあいだで自然発生的に「れば勝《レバカツ》」と呼ばれだし、改訂を重ねていまに至るロングセラーとなった。

きみはといえば、高校の英語教師として生徒らに慕われ、やはり忙しい様子だった。きみが作成した「夏休みの学習　参考図書」というプリントを見たことがある。高校生にも読みやすい英語の本や、使い勝手のいい問題集などがいくつも挙げられていた。

その一番末尾に、「れば勝」の名もつつましく連ねられており、もっと目立つところに大きな字で書けばいいものを、と思いもしたが、身びいきや癒着を嫌うきみの潔癖さを、頼もしくも愛《いと》おしく感じたのも事実だ。

私は忙しさを言い訳に、また、きみといることに慣れて、そのころ少し甘え根性が出ていたのかもしれない。

なし崩しに一緒になった我々は、十年も過ぎたときにはさすがに親兄弟や親戚《しんせき》からも黙認され、二人だけで肩寄せあって生きる厳しさと緊迫感を忘れてしまっていた。いや、きみは、自分は忘れてなどいなかった、と言うだろう。もっともだ。忘れたのは私だ。本当に反省している。

私は思い起こすべきだったのだ。暗黒の一年間を耐え忍び、それぞれ大学へ進学するのを機に、ようやく親の目を逃れて東京で再会した日を。学業の合間に愛と理解を深め、夜を徹して将来を語らった時間を。互いに無事に就職し、借家でいよいよ二人の生活をはじめた春を。根気強く親を説得し、失望も奮起もすべて分かちあってきたことを。

私がついよろめいた相手は、博士論文を提出したばかりの若い研究者だった。名前を記すと、きみが当時を思い出して怒髪天《どはってん》を衝《つ》くだろうから、いまさら伏せても意味はないが、まあここでは某《ぼう》としよう。某の専門は『源氏物語』で、某の師事する教授に古文の単語帳の監修を依頼したのがきっかけで知りあった。

『源氏物語』の世界に傾倒する某は、どうも浮世離れしていた。現行の結婚制度を信奉しておらず、華麗なる恋愛絵巻を繰り広げていた。私など、某の絵巻の片隅に、杜撰《ずさん》な筆致で描かれる下働きほどの存在だった。金色の雲にほとんど隠れてしまうような。雲隠れにし夜半《よわ》の月かな、だ。

見苦しくも必死な言い訳をしている、ときみは鼻で嗤《わら》うだろうが、真実その程度のことだったのだ。

休日は香《こう》を練るのが趣味、という雅《みやび》なのだか暗いのだかわからぬ某は、ある晩、急な雨に降られた私にハンカチを貸してくれた。迂闊《うかつ》にも私はそれをポケットに入れたまま帰宅し、先《せん》から疑惑を深めていたきみに、ついに決定打を与えてしまったのだった。

平安朝の燻《くゆ》り染みこむハンカチを突きつけられた私は、仕事相手の純粋な厚意を借り受けたまでだと弁明したが、無論きみには通用しなかった。

「気づいていないようですが、あなたの帰宅が遅かった日の翌朝には、必ず玄関先に朝顔の花が一輪落ちています」

つまりそれは、某なりの流儀、私への後朝《きぬぎぬ》の挨拶《あいさつ》なのだった。なぜそこまで平安朝のひそみに倣《なら》わねばならないのか、まったくもって理解に苦しむ。

某は研究者としては優秀だったが、歌を詠《よ》む才能には恵まれていなかったため、朝顔には文の類《たぐい》は添えられていなかったらしい。ただ一輪の朝顔だけが何度も玄関先に落ちていたら、きみならずとも不思議かつ気色悪く感じるだろう。しかも、私の帰宅時間と朝顔との関連に気づいてしまえば、ではこの花は第三の人物からの宣戦布告ででもあるのかと考えるのは無理もない。

もちろん一般的な観点から言えば、某が我が家の玄関先にわざわざ情事をほのめかす花を残した理由は、きみへの挑発、宣戦布告ということになるだろう。しかし、某の性格および私と某の割り切った関係を思えば、べつの可能性も浮かびあがってくるのだ。

ひたすら源氏ごっこに興じる某だから、さして深い考えもなく後朝の挨拶をしていたのではないかということ。私にきみという存在がいて、ともに住んでいるのだと、某は気づいていなかったのではないかということ。

そうだとしても、某の変人ぶりと無神経さが軽減されるわけではないし、そんな某と関係を持ち、きみを傷つけた私の落ち度が消滅するわけでもないのだが。

とにかく私は、きみに対してまずはしらを切った。きみがどうやったのか、某の名前を突き止めてくると、今度は開き直った。

しかしそんな虚勢を張れたのも、きみが唇を嚙《か》んでうつむくのを見るまでだった。

「互いしかいないと思い定め、あなたの心だけを頼りにしてきましたが、あなたはそうではなかったんですね」

きみの静かな口調に、胸貫かれる思いであった。だが一方で、きみの気持ちを重苦しくも感じ、きみが私から離れるはずがないという傲《おご》りもあったので、どうしても素直になれなかった。

私は即座に某との関係を絶ち、よろめきは一夏のうちにはじまって終わったのだが、終わったときみに報告はせずにいた。きみは黙っていた。元通りの日常が戻ってきたかのようだった。

ところがきみのなかでは、昏《くら》い怒りの炎がまだくすぶっていたのだ。

規則正しく会社と家を行き来し、夕飯の席ではきみと一日の出来事を語りあう。そんな日々を繰り返し、涼しさがそろそろ肌寒さに変じはじめたある秋の晩。

ふと目覚めると、隣の布団にきみがいない。しばらく待ったが、手洗いに行ったようでもない。予感のごとき不安を覚え、私は床から抜けだした。

きみは狭い台所の食卓に向かい、なにか考えこむ風情《ふぜい》で座っていた。流しのうえについた小さな電球だけが灯《とも》っていた。テーブルには、茶色い小瓶が載っていた。

「どうかした」

と声をかけた私は、ぎくりとして食卓の脇《わき》に立ちすくんだ。ずいぶん変色していたが、小瓶のラベルに見覚えがあったからだ。

情熱に任せて出奔した若い日、あの宿できみがうやうやしく取りだした青酸カリだった。

「明日の朝のみそ汁に入れようかどうしようか迷っていたんです」

ときみは言った。

「どうして」

膝と声の震えを辛うじてこらえ、私は尋ねた。

「一緒に死にたい。またこんな日に遭《あ》うぐらいなら、いま死んでしまいたい」

私は心底から謝罪し、どうか許してほしいと懇願した。死が怖かったからでもあるし、思い詰めた様子のきみが怖かったからでもあるし、そこまできみを傷つけてしまった自分が怖かったからでもある。

私の哀訴《あいそ》が効いたのか、きみの態度にやや軟化が見られた。そこで私はすかさず言った。

「その青酸カリは、とっくに変質しているかもしれない。そんなものは早く捨てたほうがいい」

きみは逡巡《しゅんじゅん》を見せてから、小瓶を手に席を立った。

「じゃあ、みそ汁に混ぜるのはよしておきます」

安堵《あんど》の思いがこみあげ、私は椅子《いす》に腰を下ろした。私に背を向けたきみは、流しで水を使った。ややして振り向いたきみの両手には、無色透明の液体が入ったガラスのコップがあった。

「変質しているかどうか、いまここで試してみましょう」

「馬鹿なことを。死んでしまう」

「私の心は死んだも同然です。あなたが殺したのです。甦《よみがえ》るには二人で死ぬしかありません。あの世でまた、なんのわだかまりもなく暮らしましょう」

卒然と私は悟った。我々はなんの保証も祝福もなく、互いの愛のみを証《あかし》にして一緒になった。私の軽率なる過ちがきみの心を殺したならば、私はその罪を償わねばならない。私の愛はきみであり、きみの愛は私であった。そうして暮らしてきた我々なのだから、私の愛であるところのきみが死んだというなら、私もまた生きる意味を失う。

きみのなかで殺された愛、それはすなわち私だ。きみの心が死ねば、私も死ぬ。いま思えば、まったくおかしくなっていたとしか言いようがないが、私は大真面目《おおまじめ》に前述のようなことを考え、食卓に置かれたガラスのコップに手をのばした。きみは輝く目で私を見ていた。

「あなたから飲んでください。私がさきに飲んで、怖《お》じ気《け》づいたあなたが一人生きのびるようなことになったら嫌だから」

きみはそう言って、私を見守りつつ、自分もコップを手にしてそのときを待った。

苦しみは一瞬だと聞く。きみの愛が恢復《かいふく》せぬまま、このあと長いときを過ごさねばならない苦しみに比べたら、一瞬などなにほどのことでもない。

目を閉じ、思いきってコップの中身を呷《あお》った。苦いような生臭いような、かすかな潮《しお》の味がした。なにも起こらなかった。胃の腑《ふ》が焼け爛《ただ》れる痛みを覚悟して十まで数えた。やはりなにも起こらなかった。

目を開けると、向かいの席できみが悠然とコップに口をつけていた。

「食塩水ですよ」

ときみは言った。「寝しなに飲むと体にいいそうです」

あまりのことに言葉を失ったものだ。怒っていいのか泣いていいのか笑っていいのかわからず、立ちあがったきみを私は呆然と見上げた。

「もし、あなたがいま飲まなかったら」

きみは穏やかな目をして言った。「明日の朝、みそ汁に青酸カリを入れるつもりでした」

「そのみそ汁を、きみも……」

「もちろん飲みます」

それならばいいかと思った。

以降、みそ汁はきみが口をつけてからでないと飲まないようにしている。無論、万が一きみがみそ汁を飲んで苦しみだしたら、私も遅れは取らない覚悟でいるが。

きみを裏切るとどんなに恐ろしいことになるかは、骨身に染みてわかった。そういうきみの激しさを私は愛する。そのぐらいの刺激がないと、二人きりの生活はすぐに弛緩《しかん》して、なかなか立ち行かないのである。

こうやって腹を据えている私なのだから、きみもどうか軽々しく、「死んでおけばよかった」などと言わないでほしいのだ。たとえ愚痴であっても、死を担保に愛の価値を計ったりはしてほしくないのだ。

我々は何度も、危機を乗り越えてきた。互いへの愛と理解を力に変えて。愛の究極的な証明はともに死ぬことであるといった、極論にきみは走りがちだ。そこがきみの情熱的な部分、美点ではあるけれど、しかし私は二人で過ごすなにげない毎日、命あるからこそ味わえる平穏な時の流れも、愛おしく思っている。きみだってそうだろう。

だから、最近どうも膝が痛んで思うように身動きが取れないとか、朝飯のおかずに出たメザシを私がいつまでもしゃぶっているのが気にくわないとか、そういう些細なことで伝家の宝刀「死んでおけばよかった」を抜くのはやめようではないか。年を取れば、関節は軋《きし》むし歯もぐらつく。あたりまえのことなのだ。もっと前向きに、これまで我々が生きてきた時間、これからきみが生きていく時間を評価しようではないか。

とはいえ、「どんなに働いても、二人で生きた証を残せやしないと思うとむなしくはないですか」ときみに言われたときはこたえた。私は五十を過ぎて一念発起し、会社を辞め文筆の道に入っていた。ありがたいことに時代小説で新人賞を受賞し、その後もなんとか食べていけるだけの依頼があって、執筆や資料収集や取材旅行に追われていた。

きみもベテランの高校教師として、授業のみならず部活指導や会議や勉強会やらで、まさに寝る間も惜しんで働いていた。私が定収入を失ったので、そのぶんきみに精神的負担をかけたのかもしれないし、きみはちょうど更年期だったのかもしれない。

気づいたらきみは塞《ふさ》ぎこんでいることが多くなり、とうとう真冬の夜中に私の仕事部屋にやってきて、「どんなに働いても」と切々と訴えだしたのだった。

「『生きた証』とは」

私は万年筆のキャップを閉め、きみに向き直った。「たとえばどんなことを指しているの」

「たとえば子どもです」

ときみは言ったが、我々には子どもができないというのは、とうにわかっていたことだ。

「子どもが親の生きた証になるというような考えに、私は賛同できない」

と私は言った。「子どもは親とはまったく別個の人間であり、親の人生を補完したり補塡《ほてん》したりするための存在ではないでしょう」

「それはそうですけれど」

きみは涙を浮かべた。「あなたは自分の子どもとでも言えるようなものを書いているから、そんなふうに割り切れるんです。死んだってしばらくのあいだは、どこかの図書館に一冊ぐらいは本が残るでしょう」

「きみ、本はあくまで無機物ですよ。私は書いたものを我が子と思ったことなど一度もない。それを言うなら、きみの教え子のほうがよっぽど子どもに近いだろう。教え子と言うぐらいだし、生命活動をしているし。いままで受け持った生徒を子どもだと考えれば、きみは大変な子沢山だ」

慰《なぐさ》め、諭《さと》すつもりで言ったのだが、きみは哀しげに首を振って部屋から出ていった。私とともに生きる道を選ばなければ、きみは子を得られたかもしれないのだ。失われた選択肢を思えば、気の毒をしたという気持ちになった。

だが、たとえ我々のあいだに子ができる可能性があったとしても、五十を過ぎて子作りに励むのは酷《こく》だろう。これまで二人でやってきたにもかかわらず、なぜいまになって子どもの話など持ちだすのか。忙しさはあいかわらずで、互いに年だけは取っていくので、きみはさびしく心細くなったのかもしれないと思った。

区切りのいいところまでと、気を取り直して万年筆を走らせようとするのだが、きみのしょげた顔がちらついてどうもいけない。今夜はここまでにしようと、仕事部屋の明かりを消して廊下に出た。家じゅうが静かだ。雪でも降っているのかと廊下の窓から庭を見下ろしたが、乾いた地面が月明かりに白々と照らされているばかりだ。

寝室にきみはいなかった。よもや、またおかしな考えに取り憑《つ》かれたのではあるまいなと、急いで階段を下り台所へ行った。最前はだれもいなかったはずの庭に、ひとの気配を感じたのはそのときだ。

居間の掃きだし窓にかかったカーテンを開けた私は、次の瞬間、窓を引き開け裸足《はだし》のまま庭に飛びだした。吐く息が白く濃くたなびくのが、妙にはっきり目に入った。

柿《かき》の枝にかけた縄に首を通し、ビールケースを蹴倒《けたお》したきみを、私はほとんど同時に胴にむしゃぶりつく勢いで抱き支えた。

「なにをしてる！」

きみの腰の下あたりに両腕をまわし、渾身《こんしん》の力できみを持ちあげようとしながら私はわめいた。ちょうど私の額に当たったきみの胸から、ぬくもりと鼓動が伝わってきた。

きみは無言で、私の首に両手をかけた。そのまま絞めあげられ、苦しさと情けなさと滑稽《こっけい》さにむせびそうであった。首吊《つ》り自殺を止めようとして、枝からぶらさがった人物に首を絞められるものが、いったいどこの世界にいるだろうか。

私が力をゆるめたり気を失ったり絞め殺されたりすることはすなわち、きみの死を意味する。私は必死になって、転がっていたビールケースを足で引き寄せた。「とにかく、とにかく」と、なんとか顔を上げてみれば、きみは後光のごとく月明かりをまとい、私の首を絞めているとは思えぬほど透き通った表情で私を見下ろしているのだった。「ひとまずここに足を載せて」

涙と鼻水を迸《ほとばし》らせながら訴えた。きみはさすがに心動かされたのか、天人が地に降り立つように爪先《つまさき》から、ビールケースに体重をかけた。きみの手が喉もとからはずれ、私は両膝に手をついて咳《せ》きこんだ。

死を希求するのは、そしてそこに私を誘《いざな》おうとするのは、きみの非常に悪い癖である。

一息ついてから、私は慎重にビールケースに上がり、きみをうしろから抱きかかえるようにして輪になった縄の結び目を解いた。きみは熱狂が去ったのか、大人しく立っていた。

縄を解き終え安心できた私は、密着したきみの体を一層強く抱きしめたものだった。

我々の影が深夜の地面に落ちていた。風に吹かれる蓑虫《みのむし》のように、海中を彷徨《さまよ》う異形の魚のように、それは黒く揺れていた。

その後、私はきみのまえでなるべく子どもに関連する話はしないよう努めている。友人知人に孫ができたといった話題も、最近ニュースでよく耳にする幼児虐待《ぎゃくたい》についての見解も、うっかり食卓で口走ったりせぬよう気をつかっている。

さらに言えば、朝顔市のニュースが流れたらすかさずチャンネルを替えるし、京都土産に香を買って帰ることもないし、香水の類すら決してつけない。

いやいやながらそうしているのではなく、きみと共同生活を営んでいくのに必要だから、喜んで心がけているのだ。メザシだって能《あた》うかぎり素早く食いちぎり飲みこむように心がけよう。

どうだろう、きみの言う「死んでおけばよかった」ときとは、私の推測する三回を指すということで合っているだろうか。合っていることを願う。

そのうえで、きみに問いたいのだ。我々は本当に死んでおいたほうがよかったと、きみは思っているか？

きみの五十八回ほどの「死んでおけばよかった」発言は、もちろん愚痴であり、本気ではないとわかっているつもりだ。しかし私も、きみの愚痴にうんざりするとともに、不安になることもある。

もしきみが本当に後悔しているのだとしたら、どうしたらいいだろう、と。

きみと私の現在の健康状態を比べるに、私のほうがさきに死ぬのは明白なようだ。予想を覆《くつがえ》してきみがさきに逝《ゆ》くのなら、なにも問題はない。私はきみを看取《みと》り、きみとの思い出を噛みしめながら、寿命が尽きるのを待つことができる。

しかし予想どおり、私がさきに死んでしまったら、きみはあとを追ったりしやしまいかと心配だ。ともに死ぬことで愛を証そうとしてきたきみだから。無論、それがきみの一種の駆け引きであり、心情を吐露《とろ》する方法であり、私への不満や怒りが高じきったときに起きる爆発なのだと、わかってはいる。いまとなっては私への愛着も激情も消尽《しょうじん》し、あとを追うなんてとんでもない、あなたが死んだら思う存分羽を伸ばさせてもらいますと、きみは軽く笑い飛ばすかもしれない。

それならそれでいいのだ。

私は一度として、きみへの思いを言葉にしたことがなかった。きみの父上には「交際を認めてください」と言ったのに、肝心のきみには明確な好意を告げなかった気がする。それが当然の時代だったし、言わなくても伝わっているだろうと信じてもいる。ただ、一人残されるだろうきみに宛《あ》てて、最後に形にしておくのもいいかと思った。

それで、「仕事をしてるんですか」「夜更《よふ》かしするとよくありませんよ。もう無理が利《き》かない年なんですから」といったきみの小言に耐え、ここ数日苦心しながら来し方を書き連ねてきた。私の眼精疲労はいまや極に達している。

パソコンに残ったこの文章が、私の死後、きみの目にとまることを願う。きみはパソコンをいじれないから心配だ。懇意にしている編集者に、私が死んだらすぐにパソコンをあらためてくれるよう頼んでおこう。

きみがこの文章を読んで、自分自身と人生に対するわずかな後悔、一滴の心残りすら、すべて拭い去って生きる気持ちになるよう願う。

「やっぱりあのとき死んでおけばよかったんですよ」

ときみは言う。たしかに我々は、死に接近したことが何度かあった。二人して死を選んでいれば、苦悩から解き放たれ、恋は恋のまま美しく結実し、あるいは世間から幾ばくかの同情を寄せられることにもなったかもしれない。

しかし私は、やはり我々は生きてきて正解だったと強く思うのだ。死のう死のうと口癖のように言い、もう少しで実践しそうになりながらもなんとなく流れと雰囲気で踏みとどまってきた我々は、いまや海苔《のり》の佃煮《つくだに》の瓶蓋《びんぶた》を開けるのにも苦労し、わずかな段差を上がるのすら膝が痛んでならぬ。とうに無害化していそうな青酸カリの瓶を開けることも、柿の木の枝に縄をかけることも、満足にできそうにないほど老いさらばえた。

そうなってみてはじめて、確信を持って言える。きみが大切だ。好きだとか愛しているとかいった甘っちょろい言葉を超え、きみの愚痴や小言も含めてきみを大切に思う。

きみと出会い、きみと生きたからこそ、私はこの世に生を受ける意味と感情のすべてを味わい、知ることができたのだ。きみにとっての私も、そういう存在であったのならばいいのだが。

太陽のように白いボールは、きみから放たれた輝く矢となって、いまも深々と私の胸に刺さったままだ。

焼いたらきっと、あの日私が目にしたままの姿で恋の矢が出てくるだろうから、お骨《こつ》のあいだを探してごらん。

砕《くだ》いてきれいな首飾りにしても、夜空へ放《ほう》って星を増やしても、失われたきみの歯のかわりに歯茎に埋めこんでも、好きに使ってかまわない。

私のすべてはきみのものだ。きみと過ごした長い年月《としつき》も、私の生も死も、すべて。

初《はつ》盆《ぼん》の客

変わった言い伝えや昔話を集めていらっしゃるとか。最近の学生さんたちは、おもしろいことを調べるんですね。

たしかに、このあたりには古い家も多いですし、ご覧のとおり我が家も老朽化していることには自信がありますけれど。あら、ありがとうございます。そう、年月を経た農家ではありますけれど、残念ながら両親は畑に出ています。祖父は私が生まれるよりまえに亡《な》くなりましたし、祖母も四年前に。ですから、狐《きつね》のお嫁さんをもらったとか、鶴《つる》の恩返しがあったとか、そういう話をできるものは、いま家におりません。

でも、せっかく東京の大学から調査にいらしたのですから、よろしければ、私の経験したちょっと不思議な話をお聞かせします。民俗学というんですか、そういう研究の対象にはならないかもしれませんが。

私はたぶん、学生さんたちよりもひとまわりぐらい年上でしょう。すごく若くはないけれど、年を取りすぎてもいない。パソコンも携帯電話も、ふつうに使いこなしてきた世代です。迷信なんてまったく気にしませんし、テレビで見る霊能力者なども、どちらかといえば胡散臭《うさんくさ》いと思っています。

だけどやっぱり、どうにも説明のつかない出来事に遭遇することもある。村の老人が語り伝えてきたお話ではないですが、よろしいですか。

その男は、ウメおばあさんの初盆《はつぼん》にやってきました。

ここいらは長野のなかでも標高があるほうですから、お盆のころにはもう涼しいんです。それでも、黒い背広を着て黒いネクタイを締めて戸口に立った男の姿は、なんだか場違いに堅苦しく、暑そうな格好をしてきたものだなと思いました。野暮《やぼ》ったいぐらい、かっちりした背広でしたので。初盆の家に挨拶《あいさつ》してまわるとき、村のものはたいてい普段着で出かけますしね。

私はここで生まれ育ったのですが、短大に進学するのを機に東京へ出て、そのまま東京で就職しました。ですが、ずっとつきあっていた男性と別れてしまって。結婚するつもりでいましたから、ショックでした。気分を変えたくて、その年は盆休みに帰省していたんです。

村では、三十を過ぎて独身の女はあまりいません。両親はなにも言わないだろうけれど、近所の目がうるさいし、気が重いなと思わないこともなかった。でも、ひさしぶりに故郷でゆっくりしたかったし、なによりウメおばあさんの初盆でしたから。祖母には私、とてもかわいがってもらったんです。

ウメおばあさんの初盆のために、この家には親戚《しんせき》が集まっていました。私の叔母たちやいとこ、やはり東京で働いている私の弟も帰省していました。

でも、その男が訪ねてきたとき、ほかのものはみんな留守でした。ちょうど今日のように。

弟はたしか、幼なじみと遊びにいっていたし、両親と三人いる叔母は、子どもたちを連れて夏祭りの手伝いにいったか、手分けして初盆の家をまわっていたか、どちらかだったと思います。そうだ、私はまえの晩、実家に帰って安心したのか、少し熱を出したんです。それで、大事を取って留守番役を割り振られたのでした。

今日？　今日は大丈夫。私が一人で留守番しているのは、産休中だからです。八カ月ですが、あまり目立たないでしょう。結婚を機に、東京でのお勤めは辞めて、両親と一緒にこの家に住んでいるんです。あらやだ、失恋したのとはべつのひとですよ。

ふふ、そう、入《い》り婿《むこ》。弟は、こんな田舎では暮らしたくないって言ってますし。夫は隣町にある会社で働いています。私は郵便局のパート職員。子どもが生まれて少し落ち着いたら、復帰するつもりです。

どこまで話しましたっけ？　あ、そうでした。

黒い背広姿で現れた男は、

「及川《おいかわ》ウメさんの遠縁のもので、石塚夏生《いしづかなつき》と申します。ご仏前にお参りさせていただきたいのですが」

と言いました。三十歳ぐらいで細身の、背筋が伸びたけっこういい男でした。

それにほだされたわけではないのですが、私は石塚夏生と名乗った男を招き入れ、仏間に通しました。石塚という縁戚がいるとは聞いたこともありませんでしたけれど、初盆に来てくれたひとを追い返すこともできませんでしょう。初盆の客を装《よそお》って、こんな山奥まで押しこみ強盗をしにくるひとも、そうそういるまいと思いました。この村では、玄関に鍵《かぎ》をかける家などないぐらいです。

仏間では、ウメおばあさんが遺影のなかで微笑《ほほえ》み、新しくウメおばあさんの戒名が書き加えられた位牌《いはい》は、先祖のいくつもの位牌にまじって、たくさんの果物やお菓子を捧《ささ》げられていました。

石塚は仏壇のまえに正座し、ポケットから数珠《じゅず》を出して、ずいぶん長いあいだ手を合わせました。仏壇の両脇《りょうわき》でまわる雪洞《ぼんぼり》の光が、石塚の頰を青く照らしていました。私は仏間のつづきの六畳でお茶の仕度をしながら、石塚の様子をそっとうかがいました。

石塚はやがて振り返り、襖《ふすま》を開け放ったままの敷居を越えて、六畳間にやってきました。冷たい麦茶と茶請けの菓子を出しますと、石塚は一礼して座卓に向かって座りました。またかしこまって正座しています。

「どうぞお楽になさってください」

と私は言いましたが、石塚は脚を崩そうとはしませんでした。「いただきます」と、形ばかり茶に口をつけただけで、菓子にも手をのばしません。遠慮深くて礼儀正しいけれど、やはりどうにも堅苦しいひとのようだなと感じました。

柱時計が真鍮《しんちゅう》製の振り子を揺らし、重々しく針を進めます。沈黙が耐えがたくなり、私は口を開きました。

「あいにく、父が留守にしておりまして。私は十代のころに村を離れたので、親戚づきあいに疎《うと》いんです。石塚さんは、祖母とはどういう関係にあたるんですか」

石塚は少し迷っているようでしたが、ややして顔を上げ、私を正面から見ました。

「あなたのおじいさんは、及川辰造《たつぞう》さんですか」

「はい、もうずいぶんまえに亡くなったので、会ったことがない祖父ですが。あ、申し遅れました。私、及川駒子《こまこ》です。辰造おじいさんの長男が、私の父である寅一《とらいち》です」

「では、あなたとわたしはいとこ同士ということになります」

どういうことだか、わかりませんでした。ウメおばあさんと辰造おじいさんのあいだに生まれたのは、父と、父の三人の妹たちです。父方のいとこはもちろんのこと、母方のいとこにも、石塚という名字のものはいません。私は、自分のいとこの顔をすべて知っています。知っているつもりでした。

「混乱させてすみません」

石塚は軽く頭を下げました。「たぶん、あなたのお父さんはご存じだと思うのですが、及川ウメさんは辰造さんと結婚するまえ、べつの男性と結婚していたんです。わたしの……祖父、石塚修一《しゅういち》と」

「まあ」

驚きのあまり、しばらく言葉が出ませんでした。「初耳です」

「そうでしょうね。ウメさんが——わたしにとっても……祖母ですから、ウメおばあさんと呼ばせてもらいますが——ウメおばあさんが及川辰造さんと再婚したのには、ちょっと事情があったようですから」

いままで存在すら知らなかったいとこが現れ、少し興奮しました。いつも優しく穏やかだったウメおばあさんに、秘めた過去があったらしいことも、私の好奇心を刺激しました。いとこだという石塚に少し打ち解け、私は尋ねました。

「事情って、どんな？」

「お話しします。かわりに、ウメおばあさんのことを聞かせてください。この家の雰囲気を知り」

と、石塚は六畳間や仏間や太い梁《はり》のある土間を見まわしました。「あなたと少しお話ししただけで、ウメおばあさんが家族に慕われ、幸せだったことはうかがえます。しかしわたしは、ウメおばあさんとは生前、まったくと言っていいほど交流がなかったので。どんなふうに暮らし、どんな最期《さいご》だったのか、ぜひ詳しく聞きたいのです」

「ええ、もちろん」

と私は請けあいました。

秋の気配を押し返そうと、表では蟬《せみ》が必死に鳴いていました。

「わたしは佐賀県の唐津《からつ》から来ました。家族も親戚も、ほとんどが佐賀か福岡に住んでいます。ウメおばあさんも唐津の出身で、同じく唐津に生まれ育った石塚修一と結婚しました。ウメおばあさんは二十歳、修一は二十五歳でした。一九四三年、昭和十八年のことだったそうです」

石塚の語った話は、すべて遠い世界の出来事のようでした。長野と九州はずいぶん離れています。一九四三年も、ずっとずっと昔に思えます。どこがどうつながって、私の知るウメおばあさんになるのか、私は石塚の話に耳を傾けました。

「ウメおばあさんの結婚生活は、きわめて短いものでした。修一がすぐに召集され、戦地へ行ってしまったからです。生まれたばかりのわたしの父、緑生《ろくお》を抱え、ウメおばあさんは夫の帰りを待ちました。しかし終戦の翌年、修一が戦死していたことが、南方からの復員兵によって知らされました」

「そんな……。それで、ウメおばあさんは再婚したんですね」

「はい。姑《しゅうとめ》と折りあいが悪かったこともあって、石塚の家にいづらかったのでしょう。幼い緑生を残し、長野の及川辰造さんに嫁いでいったということです」

息子を手放さなければならず、ウメおばあさんはどんなにつらかったろうと思うと、私まで悲しい気持ちになりました。

私の父は役場勤めで、母は畑仕事で忙しかったので、私も弟もウメおばあさんに育てもらったようなものです。気丈な性格ですが優しいウメおばあさんは、私たちの一番身近な大人であり、遊び相手でした。ウメおばあさんは、我が子や孫をとても大切にするひとでした。

にもかかわらず、少なくとも私は一度も、ウメおばあさんの口から緑生さんの話を聞いたことがありません。私の父にとっては異父兄弟、私にとっても伯父にあたるひとだというのに。

緑生さんの名を、たぶんウメおばあさんはいつも、心のなかでだけ呼んでいたのだと思います。

「でも、どうしてウメおばあさんはわざわざ、唐津から長野まで？　私の祖父の辰造は、石塚さんのおうちと知りあいだったんでしょうか」

「石塚修一と及川辰造さんは、いとこの間柄にあるようです。修一の父親と辰造さんの母親が、兄妹だったとか。その縁で、ウメおばあさんの再婚先に決まったのでしょう」

にわかには関係が把握できず、私はため息をつきました。

「系図を書かないと飲みこめないわ」

「まったくです」

と石塚は笑いました。「あなたとわたしもいとこですが、わたしたちの祖父も、いとこ同士だったということですよ」

「もう、おおざっぱに遠縁ということでいいですか」

「いいと思います」

石塚はあいかわらず、茶菓子に手をつけないままでした。「ウメおばあさんは、ご病気で亡くなったんですか」

「肺癌《はいがん》で。八十四歳でした。ウメおばあさんは煙草《たばこ》を吸ったんです」

私は思い立って、仏壇に供えられていた「ゴールデンバット」を持ってきました。

「もっぱら、この銘柄を吸っていました」

「なつかしいな。いまもあるんだ」

「ええ。子どものころは、よくお遣いにやらされました。私の祖父の辰造も、これを吸っていたんですって。やっぱり肺癌で、四十歳ぐらいで亡くなったそうですが」

私が座卓に煙草の箱を置くと、石塚は愛《いと》おしむようにそれを眺めました。ウメおばあさんの思い出があふれ、私は話をつづけずにはいられませんでした。

「ウメおばあさんは、お裁縫がとても上手だった。毎年、夏には新しい浴衣《ゆかた》を縫ってくれましたし、私は家庭科の宿題は全部、ウメおばあさんに作ってもらっていました。

雑巾《ぞうきん》もエプロンもスカートも。それから、案外度胸のあるひとで、蛇《へび》なんかもひょいと捕まえてしまうんです。マムシ酒を作って、近所のひとに売って小遣い稼ぎしたり」

「なかなか楽しいおばあさんだったんですね」

「はい。私が東京に行ってからは、あまり会えなくて……。ウメおばあさんの体調がよくないと聞いて、あわてて帰ってきたときには、もう手遅れだったんです。でも、年を取っているぶん進行も遅くて、いよいよ最期が近くなるまでは、あまり苦しまずに済んだと思います」

とはいえ、病魔に肺を冒されて、痛くも苦しくもないひとがいるわけありませんよね。ウメおばあさんは気丈にも耐えていたんだろうと思うと、声が震えてしまいました。石塚は黙って聞いていました。

「父も叔母たちも、『お父さんと同じように煙草を吸って、同じ病気で死ぬことになるなんて』と嘆いていました。辰造おじいさんの死にかたをなぞるようだ、と」

「ウメおばあさんと辰造さんは、仲のいい夫婦だったんですね」

「そうみたいです。私には、ウメおばあさんがなにもかも覚悟のうえで、いえ、むしろ希望して、辰造おじいさんと同じ病気になったようにすら思えました」

「同じ苦しみを味わうために？」

「苦しみをわけあって、辰造おじいさんの待つ死者の国へ行くために。私の突拍子もない空想ですけれど」

「そうは思いません。いまごろウメおばあさんと辰造さんは、あの世で一緒に煙草をふかしているでしょう」

石塚は少しさびしそうに微笑みました。

それで私は気づいたのです。いまの自分の発言は、あまりいいものではなかったかもしれない、と。まるで、ウメおばあさんが辰造おじいさんのことばかり思っていて、前夫である石塚修一さんのことを忘れてしまったかのように聞こえるでしょう？　石塚は修一さんとウメおばあさんの孫なのですから、いい気分はしなかったにちがいありません。

私は正確を期するために、ウメおばあさんの死因について詳しく述べることにしました。

「あの、言いそびれましたが、ウメおばあさんの死因は肺癌ともうひとつ、餓死でもあるんです」

「餓死とは、穏やかじゃないですね」

石塚は驚いたようでした。「まあ、穏やかな死にかたなどないとは思いますが。いったいどういうことですか？」

「それが……。ウメおばあさんは亡くなる十日前から、断固として食べ物を受けつけなくなったんです。意識ははっきりしていたし、流動食ですが、食べる力も残っていたのに。『もうけっこうです、ありがとう』ときっぱり言って、あとは絶対に口を開こうとしませんでした。点滴を打とうとしても、すぐに針を抜いてしまって」

いよいよ危ないと知らせが来て、私が東京から病院へ直行したときには、ウメおばあさんはまさしく骨と皮だけに痩《や》せた体を、静かにベッドに横たえていたのです。そのときのことを思い出して、私は少し涙ぐみました。

「家族が集まって枕元《まくらもと》で呼びかけると、ウメおばあさんはかすかに目を開けました。でも、もう私たちのことはよくわからないようだった。ウメおばあさんは宙を見つめ、小さく二、三度うなずいてから、目をつぶりました。すーっと、なにかに引っぱられるみたいに呼吸がかぼそくなって、それがウメおばあさんの最期でした」

「そうでしたか」

石塚は正座した膝《ひざ》に両の拳《こぶし》を置き、しばらくうつむいていましたが、やがて体ごと私のほうに向き直りました。「長居をして申し訳ないのですが、いまのお話をうかがって、あなたにお伝えしたいことを思い出しました」

「ウメおばあさんにまつわることなら、なんでも知りたいです。どうぞ教えてください」

「もしかしたら、わたし……の父の緑生は」

石塚は苦しげに言いました。「石塚修一の息子ではないかもしれないのです」

意味が脳みそに伝わるまで、かなり時間がかかりました。

「なんですって」

私は思わず大声を出してしまいました。「ウメおばあさんが浮気をしたとでもおっしゃりたいんですか」

「そうではないと信じています。いや、信じたい」

石塚はとうとう正座をやめ、あぐらをかいてうなだれました。「わたしの話を最後まで聞いたうえで、あなたの考えを聞かせてください」

そう言って石塚は、なんとも不思議な話を語りだしたのです。

ちょうどおやつの時間ですね。お茶とおせんべいでもいかがですか。いえいえ、じらすつもりはないんです。お話しするうちに、小腹がすいてきたものですから。

そういえば石塚も、「じらすのはやめてください」と言いました。あのときもちょうどおやつの時間で、私は土間に下りて台所からおせんべいを取ってきたはずです。石塚の話を聞こうと意気込んだら、急に小腹がすいてしまったので。

石塚は最初、「これからというときに、おやつを取りにいくとは」と、少し拍子抜けしたようですが、「おなかがすいていては、集中してお話をうかがえませんから」と私が言うと、納得したのか、しまいには笑っていました。

おせんべいを勧めたのですが、やはり石塚は食べませんでした。間食はしないと決めているのかしら、と思いました。お客さまのまえで自分だけおやつを食べるのは、どうにも気まずかったです。

さあ、どうぞみなさん、遠慮なく召し上がれ。村を一日じゅう歩きまわっていらっしゃるんでしょう。冷たい麦茶もまだありますから、おかわりしてくださいね。

「『腹が減っては戦《いくさ》はできぬ』というのは、まったくもって真理です」

おせんべいをかじる私を見て、石塚は言いました。石塚のまえに置かれた麦茶のコップは、汗もすっかりかき終え、ぬるくなっていました。

「わたしの祖父である石塚修一と、ウメおばあさんとの結婚生活は、きわめて短いものだったと申しあげました。それは実のところ、たった一晩だけだったそうです」

「一晩？　なぜ、一晩だけだったんですか」

「修一に召集がかかり、部隊に合流するため、翌朝には出発しなければならなかったからです。当時は、出発の前日にあわただしく祝言《しゅうげん》を上げることも、ままあったとか」

でも一晩だけでは、愛も理解もなかなか生まれようがないじゃありませんか。翌日には戦争に行って、そのまま帰ってこないかもしれないひとと夫婦になるなんて、なんだか家のための結婚という感じがして、ひどい話だと思いました。もちろん、「独身のまま息子を戦場にやるのはしのびない」、「若い男がどんどんいなくなって、娘が嫁に行き遅れたら不憫《ふびん》だ」という親心だったのでしょうけれど。

「では、あなたのお父さんの緑生さんは、その晩にできた子ということではありませんか」

なんだかあからさまな話をしていると思って、私は顔を赤くしながら言いました。

「残念ながら、計算が合わないのです」

石塚はあぐらをかいた脚、黒いズボンに包まれた脛《すね》のあたりに、視線を落としました。「ウメおばあさんが祝言を上げたのは、一九四三年の十月。緑生が生まれたのは、一九四五年の八月、終戦間近のことでした」

頭のなかで計算した私は、憂鬱《ゆううつ》な気持ちになりました。

「じゃあ、ウメおばあさんはやっぱり……」

「浮気——当時は密通とでも言ったのかもしれませんが——浮気をしたんだ、とだれもが思ったそうです。ウメおばあさんが姑とうまくいかなくなったのも、緑生が生まれてからのことらしい。ウメおばあさんも周囲のひとも、臨月になるまで妊娠に気づいていなかったんです」

「そんなことってあるんですか」

「おなかがあまり大きくならなかったり、単なる体調不良だろうと思ったりで、ぎりぎりまで気づかずにいる妊婦も、けっこういるそうですよ。しかもウメおばあさんは、緑生を修一の子だと言い張った」

「それは無理がありますよね」

「ウメおばあさんには、身に覚えがなかったということです。夫以外の男性と密通などしていない。だから、妊娠しているとは夢にも思わなかったのだ、と考えれば、臨月まで妊娠に気づかなかったというのも納得がいきます」

「それにしてもどうして、修一さんが出征して二年近く経《た》ってから生まれた緑生さんを、修一さんの子だと主張したんでしょうか。一九四三年の十月から一九四五年の八月まで胎内にいたとは、さすがに常識では考えられません」

「はい。しかし、ウメおばあさんの主張を信じるひとも、なかにはいました。根拠のひとつは、緑生が赤ん坊ながら、修一に生き写しと言っていい面差《おもざ》しをしていたからです。もうひとつは、一九四四年の十月、逆算すると緑生を妊娠した時期だと考えてもおかしくないころに、ウメおばあさんが夢の話をしていたのです」

「夜に見る夢のことですか?」

「そうです。ウメおばあさんは舅《しゅうと》や姑に、朝食の席でうれしそうに話したそうです。『修一さんはきっと元気でいらっしゃいます。昨夜、夢を見たんです。どこだかわからない森の奥に、修一さんが立っていました。修一さんは私に気づくと、笑って手招きなさって、大きな瓜《うり》をくださいました。割って食べると、身が透き通るように白くて、水気と甘みがたっぷりあって、とてもおいしいのです。私は半分を修一さんに差しだしたのですが、修一さんは首を振って、すべて食べるようにとおっしゃいました。ですから私、種まで飲みこんで、ああ、ちょっと苦しかったと思ったところで目が覚めたのです。あんなに大きくて黒い種のある瓜は、日本では見たことがありません』

瓜を食べる夢をそんなに克明に語って聞かせたなんて、ウメおばあさんは戦争中、よっぽどおなかがすいていたのでしょう。

「これらはすべて、ウメおばあさんの舅——つまり修一の父親——が覚えていた事柄です。緑生が修一にそっくりだったことから、舅は『そうか』と夢の話を思い出した。瓜を食べる夢は、懐妊を象徴していたのではないか。息子の修一は夢のなかで、嫁に会いにきたのだ。舅は、緑生は修一とウメおばあさんの子だと認めました。ウメおばあさんが再婚するとき、緑生を残していかなければならなかったのは、『緑生は修一の息子だ。石塚家の跡取りだ』と舅が手放さなかったからだそうです」

私はやっぱり、あやしいものだと思いながら話を聞いていました。夢で妊娠するなんて、ありえそうもないでしょう。ウメおばあさんが浮気をしたとは思いたくないけれど、一晩だけの夫は戦争へ行ったきりだし、べつの男性についふらふらしてもしかたがないかもしれない。そんなふうに、内心でウメおばあさんを弁護していました。

「あなたはそのお話を、だれから聞いたんですか」

と、私は石塚に尋ねました。「お父さんである緑生さんからですか」

「いえ、……父はわたしが一歳のときに、事故で亡くなったんです。ちょうど、いまのわたしぐらいの年のころに。わたしは母から、これらの話を聞きました。母は夫の緑生から。緑生は修一の父、つまりウメおばあさんにとっての舅から」

「石塚家のひとのあいだで、ずっと語り伝えられてきたのですね。たしかに、不思議なお話です」

「あなたは、緑生は修一の子だと言ったウメおばあさんの言葉を、ちっとも信じていませんね」

私の内心を見透かし、石塚は薄く笑いました。「それも当然です。でも、不思議はまだあるのです」

石塚修一さんの戦死の報は、終戦の明くる年、一九四六年三月になってもたらされたそうです。緑生さんのことで、ただでさえ周囲の厳しい目にさらされていたウメおばあさんは、夫の戦死を知って、とうとう寝こんでしまった。最後の望みも断たれた思いだったのでしょう。

「ところが、ウメおばあさんに対する風当たりは、少しずつ弱まりつつありました」と、石塚は言いました。「修一の戦死を故郷に知らせてくれたのは、同じ部隊にいた男でした。彼らはブーゲンビル島という南の島に配属され、男は修一の最期を看取《みと》ったということです。ブーゲンビル島はアメリカ軍との小競《こぜ》り合《あ》いが恒常的にあり、日本軍は補給路を断たれて食糧難に陥《おちい》っていた。終戦になり、男はなんとか日本に帰ってくることができましたが、修一は一九四四年の十月に島で餓死したそうです」

「餓死？　しかも一九四四年の十月にですか」

単なる偶然でしょうか。餓死は、ウメおばあさんが決然と選んだ死にかたですし、一九四四年の十月といえば、ウメおばあさんが瓜の夢を見たというころです。私は興味をかきたてられました。石塚は、私がおせんべいを食べるのもやめて身を乗りだしたので、少しうれしそうでした。

「男が言うには、修一は死の何日かまえ、瓜の夢を見たと話していたのだとか」

「えっ」

私は驚いて声を上げました。まさか修一さんは、ウメおばあさんと同じ夢を、同じ日に見たとでもいうのでしょうか。ブーゲンビル島がどこにあるのかわかりませんでしたが、唐津と長野よりもずっとずっと距離がある南の島です。

「修一は衰弱した体で、こういう内容の夢を見たと男に語りました。『驚いたことに、この島のジャングルに妻が来たんだ。ほら、俺たちの部隊で以前に開墾した、東側の斜面から少し入ったあたりだ。元気そうで、ずいぶん安心した。俺は妻に、採れたばかりの瓜を渡した。妻はおいしそうに食っていたよ。俺に半分くれようとするから、全部おまえが食べていいと言ってやった。そうしたら黒くて大きな種まで飲みこむから、おかしかったな』。修一の遺髪を仏壇に置き、男は泣きながらこうも言ったそうです。『石塚はいつも、日本に残してきた家族のことを案じていました。熱病にかかり、満足に食い物もなく痩せ細っていたというのに、夢のなかですら瓜に手をつけず、奥さんに全部あげたと言ってうれしそうでした。奥さんを本当に大切に思いながら、死んでいったのです』。それを聞いたウメおばあさんも舅も姑も、喉《のど》も裂けよとばかりに泣いたとか」

「そんなことってあるんですか」

私はそれこそ夢を見たような気持ちで、また尋ねました。石塚は、「わかりません」と答えました。

「ただ、男は修一と同じく、一九四三年に召集されて、一九四六年の三月に命からがら帰ってくるまで、一度として日本に戻ったことはなかったそうです。ウメおばあさんと口裏を合わせることは、まず不可能でしょう」

そろそろ夕方になるのに、家のものはだれも帰ってきません。私は石塚と向きあい、六畳間で黙って座っていました。隣の仏間から、線香の香りがひときわ濃く漂ってくるようでした。

「そうは言っても姑とのわだかまりは溶けず、ウメおばあさんが結局、長野の及川辰造さんと再婚したのは、さきほど申しあげたとおりです」

石塚は静かな声で言いました。「さあ、あなたはこの話を聞いて、どう思われますか」

「どう思えばいいのか、よくわかりません」

私は困惑していました。常識で考えれば、ウメおばあさんと修一さんが同じ夢を見たのはただの偶然。緑生さんは、ウメおばあさんが修一さん以外の男性とのあいだに作った子ということになるでしょう。

緑生さんが修一さんにそっくりだったというのも、説明のしようはいくらでもあります。石塚の一族のだれか、たとえば、いやな想像ではありますが、修一さんのお父さんが相手であれば、緑生さんが修一さんに似るのはむしろ当然だと言えるはずです。でも……。

「ウメおばあさんは、やっぱり浮気なんかしなかったと思います」

私は正直に、自分の気持ちを石塚に伝えました。どんなに常識に反していようとも、こういう不思議はあってもいいのではないかと思えたからです。いえ、あるのではないかと思うのです。

夢のなかで夫の差しだす瓜を食べ、ウメおばあさんは妊娠した。

「石塚さんも本当のところ、そう思っていらっしゃるのでしょう？」

私が反問すると、「信じたい」などと悩んでいたのが嘘《うそ》のように、石塚は笑顔になって言いました。

「そう……、そうです。ウメおばあさんは、浮気などしなかった。わたしはウメおばあさんと修一の子、いや、孫です。あなたとわたしは、ウメおばあさんによって結びつけられたいとこです。そうですよね？」

「はい」

私も笑いました。でも、すぐに思い当たったことがあり、ちょっとさびしい気がしてうつむきました。

石塚は私の感情の変化に気づいたのか、

「どうしました」

と顔を覗《のぞ》きこんできました。

「ふと思ったんですけど……。ウメおばあさんが亡くなったとき、うちの家族で言ってたんです。『辰造おじいさんが死んで、もう四十年以上になるのに、ウメおばあさんはまるであとを追うみたいに、死にかたをなぞっていったねえ』って」

「そのとおりでしょう」

「いえ、ちがったんです。ウメおばあさんは食べるのを拒むことで、六十年以上まえに亡くなった修一さんのあとを追ったんだと思います」

私の祖父よりも、石塚修一さんのほうを愛していたのだと考えると、少しショックでした。私たちだけのウメおばあさんだと思っていましたから。私が会ったことのない辰造おじいさんも、いまごろ衝撃を受けているだろうとも思いました。いずれやってくると信じて待っていた妻が、自分ではなく前夫のもとへ行ってしまったのです。辰造おじいさんが、あの世で自棄《やけ》を起こしていないといいけれど、と私は吐息しました。

石塚は仏間の遺影を眺め、なにか考えているようでしたが、

「どちらか一人に決めなければだめですか」

と、小さな声で言いました。

「え？」

「ウメおばあさんは、たぶん選べなかったのだと思います。辰造さんのことも、修一のことも、等しく好きだったから。そう考えるのはどうですか？」

石塚の言わんとするところを察し、私は愉快になりました。

「ウメおばあさんは、二人の夫のどちらかを選ぶことなどできなかった。だから、辰

造おじいさんの真似《まね》をして律儀《りちぎ》に煙草を吸ったし、意図どおりというか運悪くというか、肺癌になった。もうこれまでだと悟ったときには、修一さんと同じ境遇になるべく、食を断った。二人の夫への愛に、等しく殉じるために。石塚さんがおっしゃりたいのは、そういうことですか？」

「はい。わたしはそう考えたいのですが、まちがっているでしょうか」

ウメおばあさんがなにを考えていたのか、なにも考えていなかったのか、いまとなってはだれにもわかりません。二人の夫のどちらをより愛していたのか、比較することなどできないぐらい、それぞれを等しく愛したのか、それもよくわからない。

でも、石塚の考えはとても気に入りました。

「名案だと思います」

と私は答えました。「夫に先立たれて何十年もしてからあとを追うなんて、ウメおばあさんもずいぶん悠長ですけれど」

「あとを追ったのではなく、とても時差のある心中を為《な》し遂げたのだというのはどうです」

石塚はいたずらっぽく提案しました。私は今度こそ、心の底から笑いました。

「何十年もかけて、三人一緒に壮大な心中をしたってわけですね」

ウメおばあさんが、二人の夫を深く愛し、子どもや孫を愛して長生きしたからこそ、為し遂げられた偉業でしょう。

ウメおばあさんの愛情を確信できて、石塚と私は満たされた気分でした。

「石塚さん。今夜はどうか、うちに泊まっていってください。父ももうすぐ戻ると思いますし、いまは叔母やいとこも、盆休みで帰ってきているんです。石塚さんが来てくださったと知れば、みんな喜びます。もちろん、あの世にいるウメおばあさんも」

「いえ、いいんです。突然押しかけたのですから、お気づかいなく。それに、あまり長居はできません」

「まあ、残念です。このあと、どなたかと会う約束でもおありなんですか」

「そんなところです」

石塚は探るように、私の顔を眺めました。「ところであなたは」

「駒子です」

「そうでした。駒子さんは、結婚していますか」

せっかく忘れかけていた失恋の傷をえぐられ、私は内心でうめきました。

「いいえ」

「いいお相手が見つかるといいですね」

「そう言う石塚さんは、ご結婚は？」

「していますよ。ずいぶんまえに。子どもも二人います」

そのときは結婚のことなど考えたくもなかったので、私はさりげなく話題をそらしました。

「お帰りになるとして、駅に出るんですよね？ バスは五時四十分までありませんから、駅まで車で送ります」

「いえ、大丈夫です」

「遠慮しないで。それとも、泊まっていってくださいますか」

「それもちょっと……」

「じゃあ決まり。十分だけ待ってください。炊飯器をセットしておかないといけないので」

土間の台所へ下りかけた私に、石塚は言いました。

「この煙草を吸っていてもかまいませんか。ウメおばあさんの供養《くよう》に」

仏壇から持ってきたままになっていたゴールデンバットでした。

「ええ、どうぞ」

と、私は答えました。「座卓に載ってる灰皿とライターを使ってください」

六畳間から、石塚がライターをつける音がしました。

ええ、仏間の、あの遺影がウメおばあさん。優しそうでしょう。隣の写真が辰造おじいさんです。

私はいまも、ウメおばあさんは夢で妊娠したのだと思っています。辰造おじいさんと修一さんの死にかたに倣《なら》って、何十年もかけて二人の夫と一緒に死ぬ方法を選んだのだ、とも。

ウメおばあさんはどっちつかずだ、と思われるかたもいるでしょう。たしかに、どちらかの夫をより深く愛していたのだ、と判明したほうがすっきりはします。でも、どっちつかずで計りきれないのが、愛情というものなのかもしれません。

ところでこの話には、まだ少しつづきがあるんです。時間は大丈夫？　そうですか、レンタカーで。じゃあ、最後まで話しますね。

石塚が六畳間で——いままさに、私たちがいるこの部屋です——ゴールデンバットを吸ったところまでは言いました。私は台所で炊飯器のタイマーをセットし、車のキーを手に六畳間に戻りました。

そうしたら、石塚の姿が消えていたんです。減っていない麦茶のコップも、手をつけられていない茶菓子も、もとの位置のままでした。ただ、石塚だけがいないのです。座卓の灰皿には、吸い差しの煙草がまだ長いまま、細く白い煙を立ちのぼらせていました。ちょっと灰皿に置いた、という感じです。

トイレに行くにしても、一声かけてからにしそうなものでしょう？　私は急いで家じゅうを見てまわりました。石塚はやっぱり、どこにもいません。

ぞっとしました。私が台所にいるあいだに帰ったのだとしても、土間を通って玄関に出たのなら、絶対に気配に気づいたはずです。台所のある土間はご覧のとおり、見通しがいいし、そう広いものでもないですから。

ええ、この部屋の窓から、直接庭に出たのだとも考えられます。ですが、靴はどうしたのでしょう。石塚は土間で靴を脱いだのです。石塚が靴を取ろうとしたら、やはり私はその気配に気づいたと思います。

石塚は忽然《こつぜん》と姿を消し、石塚の靴も見あたりませんでした。

私は夢でも見たのでしょうか。まだ熱があって、幻覚を見たのでしょうか。でも、煙草の吸い差しも麦茶のコップも座卓に残っています。訪問者があったのは、たしかなことのように思われました。

起きた不思議をどうにも解き明かせず、私はぼんやりと六畳間に座っていました。

やがて、両親や叔母たちが帰ってきました。私は混乱したまま、一部始終を話しました。みんな驚いているようでしたが、やがて父が言いました。

「親父《おやじ》と結婚するまえ、ウメおばあさんが唐津の石塚さんという家に嫁入りしていたのは本当だ。そちらに残してきた子は、たしかに緑生さんとかいう名前だったと思う。おふくろはあまり話したがらなかったから、俺も父親のちがう兄のことはよく知らないんだが。緑生さんが三十年ほどまえに亡くなったとき、緑生さんの奥さんから連絡があった。おふくろは遠慮したのか、息子を捨ててきたという負い目があったのか、結局、葬式には行かなかったよ」

私は父に頼んで、唐津の石塚家の連絡先を教えてもらいました。石塚夏生が、なぜ挨拶もなしに帰ってしまったのか、気になってたまらなかったからです。

緑生さんが亡くなって三十年も経っているのですから、父が知っている連絡先には、べつのひとが住んでいるかもしれないと思いました。もし引っ越しはしていないとしても、長野にやってきた石塚夏生は、まだ唐津に帰りついていないでしょう。

それでも、居ても立ってもいられずに、私は見慣れぬ市外局番を押し、唐津の石塚家へ電話しました。

「はい、石塚です」

と、私と同じぐらいの年だろう男の声が答えました。よかった、引っ越していなかったんだと安堵《あんど》すると同時に、私はしどろもどろで事情を説明し、石塚夏生さんが戻ったら、長野の及川に電話してほしいと伝えてください、と頼みました。

「おっしゃる意味が、よくわからないんですが」

電話口の男は、警戒心むきだしの声で言いました。「石塚夏生は俺ですけど、長野には高校の修学旅行以来、もう十五年ぐらい行っていませんよ」

めまいがしました。

夕方までこの家にいた石塚夏生と、電話に出た石塚夏生とは、声が全然ちがうのです。電話の男の言うことが本当だとしたら、うちに訪ねてきた石塚夏生は、いったいなにものだったのでしょう。

私は受話器を置き、混乱と怖れでほとんど泣きそうになりながら、様子をうかがっていた父に電話の内容を伝えました。父も驚いて、唐津の石塚家に今度は自分で電話をかけ、あれこれと説明しました。最初は怪訝《けげん》そうだった石塚夏生も、いたずら電話ではないとわかってくれたのでしょう。

「母のほうが事情に詳しいでしょうから、ちょっと替わります」

と言い、そのあとは緑生さんの未亡人とうちの父とで、なにやら話しこんでいました。

八月の最後の週末、私は長野から出てきた父と羽田空港で落ちあい、そのまま九州へ向かいました。ずいぶん時間はかかりましたが、なんとか夕方になるまえに、こぢんまりとした美しい城下町にたどりつくことができました。

石塚家は、唐津の駅から車で五分ほどの場所にありました。出迎えた石塚夏生はやはり、うちを訪ねてきた石塚夏生とは、まったくの別人でした。訪問者の石塚夏生は、細身で折り目正しい感じのひとでしたが、唐津で母親と兄夫婦と暮らす石塚夏生は、どちらかというとがっちりとした体型で豪快なひとでした。

掃除の行き届いた居間に通され、石塚家のアルバムを見た私は、すべての謎《なぞ》が解けたと思いました。妻と並び、二人の幼い息子を腕に抱いて笑っている緑生さん。三十年まえに事故で亡くなったという緑生さんは、長野の私の実家を訪ねてきた、石塚夏生そのひとだったのです。

「じゃあ、俺の名を騙《かた》って及川さんの家に現れたのは、親父の幽霊だってことですか?」

本物の石塚夏生は、目をぱちくりさせました。「なんでまた、そんなことを」

「お父さんは真面目《まじめ》そうな顔して、いたずらの好きなひとだったからねえ」

と、緑生さんの妻であり夏生の母である由美《ゆみ》さんが言いました。「夫がご迷惑をおかけして、すみません」

居合わせたものはみな、顔を見合わせ、そして笑いました。ずいぶんまえに死んだ夫にかわって、真剣に詫《わ》びを言う由美さんがおかしかったからですし、そうか、緑生さんの幽霊だったのかと、すとんと納得してしまっている自分たちがおかしかったからでもあります。

「夫は、記憶に残らないほど幼いときに別れたお母さんのことを、いつも気にしていました」

由美さんは笑いやみ、少ししんみりした口調で言いました。「母親が自分や父親を愛してくれていたのか、いま幸せに暮らしているのか、知りたいと思っているようでした。だからたぶん、ウメさんの初盆にお邪魔したのだと思います」

「俺の名前を使うことないのになあ」

と夏生が混ぜ返し、みんなはまた笑いました。

「とうに死んだ緑生の名を名乗るわけにもいかなかったんでしょ」

由美さんは微笑み、仏壇に飾られた夫の写真を見上げました。

父と私は仏壇に向かって正座し、修一さんと緑生さんに手を合わせました。私たちばかりが、ウメおばあさんを独占してごめんなさい。でもウメおばあさんは、修一さんと緑生さんのことも、とてもとても大切に思っていたにちがいありません。最後の息が消える瞬間まで。

私は、ウメおばあさんが臨終に見せた眼差《まなざ》しを思い出しました。なにもない空間を見て、だれかの呼びかけに答えるようにうなずいてみせた姿を。

修一さんと緑生さんと辰造おじいさんが迎えにきてくれた。ウメおばあさんは、そう思ったのかもしれません。

そのあと、父と私は石塚家でもてなしを受け、夜遅くまで楽しく飲み食いしました。

「それにしても親父のやつ」と夏生は言いました。「わざわざ及川さんの家へ行って駒子さんを驚かせなくてもいいのに」

「どういう意味ですか?」

「知りたいことがあるなら、あの世で直接、ウメおばあさんに聞けばいいようなものじゃありませんか」

「まあ、ほんとだ」

私は笑いました。「でもきっと、あの世にはあの世の決まり事がなにかあるんですよ。『互いの過去を問うべからず』とか」

「恋人同士のマナーみたいな決まり事ですね」

そう言って、夏生も笑いました。


はい、私の経験した不思議な出来事は、これですべてです。どうでしたか？　少しは調査のお役に立てたならいいのですが。変わった言い伝えや昔話ではないですものね。お時間を無駄にさせてしまったかしら。

山は夏でもあっというまに日が暮れますから、帰り道の運転、どうぞ気をつけて。調査結果が会報にまとまったら、ぜひ知らせてくださいね。このあたりのひとはみんな、一家に一冊ずつ購入すると思いますよ。

あら、ちょうど夫が帰ってきたみたい。おかえりなさい。東京からいらした学生のみなさん。民俗学の調査をしているんですって。紹介しますね、夫の及川夏生です。旧姓石塚。

みなさんにお話しした件がきっかけになって、私たち意気投合して結婚したんです。こうして出会えたのも、ウメおばあさんの初盆に、緑生さんが我が家を訪ねてきてくれたからです。

幽霊に仲を取り持たれた夫婦なんて、なかなかいないでしょ？　これは「変わった言い伝え」に含まれますか。

君は夜

子どものころから不思議な夢を見る。

ほかになんと言えばいいのかわからず、「夢」という言葉を使っているが、本当のところ、それは理紗《りさ》にとって「もうひとつの生」だ。

暗い川べりを男と歩いていることが多い。

空には星が輝き、草は露《つゆ》に濡《ぬ》れている。霜《しも》が降りているのかもしれない。とても寒いから。星明かりは、明かりというには心細い光しか投げかけない。吐く息はきっと白く煙《けぶ》っているだろう。でも、それすらも見えない。あたりは闇《やみ》。濡れた草が足首に冷たく触れるだけ。履き古して柔らかくなった足袋《たび》はたぶん泥で汚れてしまった。着物は脛《すね》のあたりまで湿っている。髪はこの朝、結い直したばかりだ。頭巾《ずきん》もかぶっておらず、剝《む》きだしの首筋と襟《えり》もとの肌は冷気で張りつめている。

「寒くはないか」

と、まえを行く男の声がする。黙って首を振り、それでは見えないと気がついて、手探りで男の袖《そで》をそっと握る。

対岸で時を告げる鐘が鳴る。ともに歩く男の名は小平《こへい》というのだと、だれに教えられることもなく、なぜかちゃんと知っている。

理紗はずっと、ひとはみな、夜にはべつの生を生きるのだと思っていた。眠りの世界で、昼間とはちがう名前と顔と生活を持っているのだと。

どうやらそうではないらしいと、やっと気づいたのは小学校三年生のときだった。朝ご飯を食べながら、いつものように夜のあいだの小平との暮らしについてしゃべっていたら、

「もうよしなさい、変な子ね」

と母親が顔をしかめて言った。その声があんまり鋭かったから、理紗はびっくりして口をつぐんだ。以来、「夢」の話をだれかに聞かせることはしないようにした。

母親も父親も友だちも先生も、目が覚めているときと同じようには、眠りのなかで生きていない。夢はあくまで夢にすぎないみたいだ。理紗はたいそう困惑したけれど、一人で事実を受け止めるほかなかった。

だれにも言えない。「夢」のなかでの生活が昼間の生活と同じぐらい生々しい質感

を宿しているのなんて、理紗だけのようだったから。

少し大きくなると、「私は二重人格なのかしら」と考えたりもした。まぶたを閉じて眠りにつけば、ほとんど毎晩、小平との生活がはじまる。朝が来たら鞄《かばん》を持って学校へ行き、友だちと笑いあったり試験を受けたりする。まったく異なる二つの生活の境界を行き来するためには、苦労して気持ちを切り替えなければならなかった。

どちらが現実で、どちらが夢なのだろう。

小平とは「ホウジョウイン」の門前に住んでいる。「フカガワ」という地名もしばしば出てくるから、江戸らしいと見当をつけている。掘っ建て小屋みたいな長屋の一室で、小平と一緒に薄っぺらい布団《ふとん》をかぶって寝る。払いが滞《とどこお》って米を売ってもらえないときは、参道に並んだ料理屋の裏手から残飯を拾ってくる。井戸水で飯粒のぬめりを落とし、白湯《さゆ》をかけて食べる。近所のひともみんなやっていることなので、べつに恥ずかしくもない。ほがらかに世間話をしながら、井戸端で腐りかけの飯粒を洗う。

小平がどんな顔をしているのか、いつもよく見ることができない。ちょうど木陰に立っていたり、日射《ひざ》しが強くてまぶしかったり、暗い川べりを二人で黙々と歩いていたりするからだ。小平は理紗を「お吉《きち》」と呼ぶ。呼ばれるたび、お吉の胸には喜びがあふれる。このひとが好きで好きでたまらないと感じる。

お吉も自分の顔をはっきりと見たことはない。鏡など持っていないし、澄んだ川面《かわも》にも常にさざ波が立っている。まわりのひとが、きれいだとも醜いとも言わないので、まあ十人並みの容姿なのだろうと思っている。

小平だけは、「たいそうきれいだ」とたまに言う。「またこのひとは、馬鹿《ばか》を言って」と返すけれど、本心ではうれしい。小平の汗が滴《したた》ってくる。口の端に落ちた汗を舌を出して舐《な》めてみると塩からい。触れあう濡れた肌は熱い。心地よさが体に芯《しん》を作る。

小学校で性教育の授業を受けるまえから、理紗はセックスを知っていた。先生が黒板に貼《は》った紙を指し、ペニスや子宮の仕組みを説明するのを聞いて、「ああ、あれはセックスというのか」と納得した。昼間の世界でも早く小平と会いたいと思ったのは、そのときが最初かもしれない。同じぐらい、もし小平と会ってしまったらどうしよう、と恐れもした。

お吉と小平は死ぬために暗い川べりを歩いている。

もうすぐ夜が明けるから、急いで死に場所を定めなければならない。でも、死にたくないとも思っている。川も夜も永遠につづけばいいと思っている。お吉が握った小平の袖を通して、あせりと哀《かな》しみが二人の体を高速で行き交う。

夢だ、と必死で自分に言い聞かせ、理紗は荒くなった呼吸をなんとか鎮《しず》めようとする。教室の隣の席で、友だちがいぶかしげに理紗をうかがっている。照れ隠しなのか興奮したのか、男子が「ペニス！」と大声を出している。

初潮が来たとき、理紗はクマの柄のハンカチをハサミで細く切り、丸めて膣《ちつ》に詰めた。そうするものだと知っていたからだ。しばらくして察した母親は、理紗の対処法を聞いて、ひどくいやな顔をした。おぞましく得体の知れないものに向ける目をしていた。

夜は夜で小平と暮らしているから、理紗には気の休まるときがない。気持ちの切り替えに多大な精神力を使うせいで、昼間はどこかぼんやりしてしまう。

そんな理紗を、「夢見がちだ」と友だちは笑う。中学、高校の六年間で、理紗は何人かの男子生徒に告白された。「ちょっと憂《うれ》いがあるように見えるんじゃない。ただぼんやりしてるだけなのにね」と友だちはからかう。

中学生になってからはさすがに、昼間の生活と「夢」のなかの生活を混同することも少なくなっていた。夜は小平と夫婦として暮らし、小平を好きでたまらないのに、昼間にほかの男とつきあえるはずがない。そう思いはしたけれど、口に出したりはしなかったし、思いをそのまま実行に移して昼間の自分は独り身を貫こうなどとも、さらさら考えていなかった。にもかかわらず、交際の申し出をすべて断ったのは、それどころではなかったからだ。

前世という言葉を知った。テレビで占い師が言っていた。あるひとの前世は幕末に勘定方として藩の財政をになった武士であり、あるひとの前世は布教のために命を賭《と》して海を渡った修道士であり、あるひとの前世は森の奥に生きる白狼《しろおおかみ》であったのだという。

はじめは、おかしな理屈だと思った。生物の授業では、細胞のひとつひとつが生きていると習った。毎日、毎時間、肉体を構成する細胞は死に、また新しく生まれる。細胞の更新が追いつかなくなるのが老いであり、ついに更新されず生命活動が停止するのが死であるのだと。

一生のあいだにも、細胞は個体内で何度も生まれくる。だったら、前世が坂本龍馬《さかもとりょうま》だったひとはいるのに、坂本龍馬の親指の先端の細胞だったというひとがいないのは変だ。いや、転生は細胞単位ではなく、個体単位で行われるのかもしれない。では、前世が乳酸菌やバクテリアだったひとがいないのはなぜだ。占い師が言っていることはインチキだ。

でもそのうち、魂が転生するのかもしれないと考えるようになった。乳酸菌やバクテリアには魂がなく、白狼にはあると判じる根拠は曖昧《あいまい》なままだったが、理紗は「魂の転生」という思いつきを気に入った。

小平と暮らすお吉は、自分の前世の姿ではないか。思い残したことがあるから、お吉の魂は転生して理紗となったあとも、繰り返し「夢」のなかに立ち現れて生活をつづけているのではないか。

思い残したこと。それは、小平と死を選んだことにほかならない。

二人を止めなければいけない、と理紗は強く思う。死に場所を探して川べりを歩く二人を、止めなければいけない。

しかし、「夢」は理紗の意思で見られるものではない。季節も前後の順番もめちゃくちゃで、眠る理紗を気まぐれに訪《おとな》うだけだ。願った場面にはなかなか巡り会えない。

視界いっぱいに、あかぎれした手が映しだされる。お吉は長屋で、自分の手をかざし見ている。正座した足の甲を板敷きの床が冷やす。思い立って部屋の隅ににじり寄り、行李《こうり》の蓋《ふた》を開ける。歯の欠けた櫛《くし》や、ひとつだけある塗りの椀《わん》など、お吉と小平の持ち物のいっさいが入っている。この行李を持って、夜逃げ同然にもう何度引っ越ししただろう。

行李のなかから、貝殻に入った練り薬を取りだす。あかぎれにつけるといいと言って、小平が買ってきてくれた。二枚貝の表面には、不恰好《ぶかっこう》な桜の花が墨でおざなりに描かれている。

米屋への払いにまわすはずだった日銭を、小平はお吉のための練り薬代にあてた。お吉は米を手に入れるため、しばらくのあいだはいつもより多く洗濯の仕事を引き受けた。冬の水は冷たい。あかぎれは増えた。でも小平の心がうれしい。

お吉は拝むように、練り薬の入った貝殻を両手で包む。

馬の脂《あぶら》に薬草を練りこんであるそうで、火傷《やけど》や切り傷に効くという。鼻を近づけるとたしかに獣臭いけれど、本当に馬の脂かどうかはあやしいところだ。野良《のら》犬の脂か、魚の絞り滓《かす》かもしれない。なんだってかまわない。

大切に、少しずつ、薬を肌にすりこむ。

お吉はもう一度手をかざし、指先を顔に近づける。獣のにおいがする。汗と埃《ほこり》と体臭の入り交じったにおいに似ている。薄暗い部屋、古ぼけた長屋、菜っぱの欠片《かけら》が浮いた井戸端の浅い溝。そのにおいは常に、お吉のそばで淀《よど》んでいる。

古着屋はほぼ毎日、お吉のもとに洗濯物を運んでくる。洗い張りをしなければいけないほど高級な古着はめったにない。たいていは、盥《たらい》に張った水に浸《つ》け、こすったり踏んだりして汚れをおおまかに落とすだけだ。

古着屋がどこで着物を調達してくるのか、わかっているが考えないようにしている。茶色くなった盥の水からは、線香と死のにおいがほのかに漂う。ホウジョウインの鐘が響き、墓場の空で烏《からす》が鳴く。

そろそろ日が暮れる。小平が川から戻るころだ。今日はどれだけ魚が捕れただろう。慣れない手つきで魚や鰻《うなぎ》を捕る小平を思うと、いつも涙が出る。どうして小平のようなひとが、浪人しなければいけないのか。こんな世の中はまちがっていると思う。売るほどの魚は捕れなかったと言って、小平が帰ってくる。小魚を焼き、朝に炊《た》いた飯の残りを重湯《おもゆ》にして、二人で食べる。明日は早く起きて、裏で育てている野菜を売りにいこう。

「あんた、勉強してるの?」

と母親は言う。ほとんどそれしか言わない、とも言える。

自分は勉強なんかしなかったくせに、と理紗は思う。二年ばかり腰かけ程度に働いただけで、会社の先輩とできちゃった結婚したんじゃないか。そのおかげでいま、家でごろごろしながら手抜き料理を作っていればいい生活を送っているんじゃないか。

「来月どうする」

と言って、母親は食卓に歌舞伎《かぶき》のチラシをすべらせる。母親はいま、若い役者に夢中で、ほとんど毎月、わざわざ東京の劇場へ行く。理紗も小さいころは母親に連れられて歌舞伎を見にいったが、最近では興味がない。お芝居なんて嘘《うそ》っぱちだ。行かない、と答える。

わざわざ劇場へ行かなくても、眠ればもっとリアルな江戸の町にいる。小平との暮らしが待っている。貧しいけれど、小平とともによく働き、愛しあう生活は幸福だ。

「パパなんかと結婚しなきゃよかった」

と愚痴を言い、そのくせ夫の稼ぎで生きているような女には、決して味わえない幸福だ。

母親みたいにはなりたくない、と理紗は思う。だから勉強する。早くこの家を出て、いい会社に入って、自分の力で生きていこう。今生《こんじょう》で小平と出会ったときに、また彼を支えられるように。今度こそ、二人で生を全《まっと》うできるように。

小平の朋輩《ほうばい》だったという男から、お吉は信じがたい話を聞いた。小平が、さる大名家に仕える武士の娘と結婚するという。お吉は驚いている。理紗は驚かない。ああ、またこの場面かと思う。

「悪い冗談はよしてくださいよ」

お吉は盥のなかに突っ立ったまま言う。「三山《みやま》藩高岡《たかおか》家といえば、小平どのの主君の仇《かたき》。高岡の策略のせいで、お家はお取りつぶし。あなたや小平どのも浪人の身となったのではありませんか」

「ところがあいつは、高岡の家臣にうまく取り入ったのですよ。おおかた、漁《すなど》する毎日がいやになったのだろうが、仕官できたとしても、性根はとうてい武士とは言えぬ。人間以下だ。あなたも、うまくだまされてあいつに尽くしているようだが、早く目を覚ましたほうがいい」

呆然《ぼうぜん》とするお吉に、「忠告はしましたよ」と言って男は去っていった。

ええ、汚《けが》らわしい。お吉は盥のなかの着物を踏みしだく。あの男は先《せん》から長屋に小平を訪ねてきては、お吉に思わせぶりな視線を寄越していた。ありもしない話を吹きこんで、それで私が小平どのに愛想尽かしをするとでも思ったか。

お吉は注意深く小平の言動を眺めるようになった。小平は変わらない。優しくお吉を思いやってくれる。日が昇りきるころに川へ向かい、日が沈むころに長屋へ戻ってくる。魚は捕れないときのほうが多く、「苦労をさせてすまない」と涙ながらにお吉に詫《わ》びる。そんなことは気にしなくていいとお吉は言う。米なら私が夜明けまえから働けば手に入る。そのうちきっと、いい仕官の口が見つかる。だからあなたは堂々と構えていればいいと言う。

小平を信じている。お吉の目には小平しか映らない。でも小平の顔はよく見えない。いつも夜のように暗い紗《しゃ》がかかっている。

一月《ひとつき》ほどして、

「どうにも進退窮《きわ》まった」

と小平が言う。冬も深まり、戸外にうるさく風が吹く。このごろ、小平の食が細くなったと感じていたところだったので、お吉はたいそう心配し、

「いったいどうしたの」

と尋ねる。小平は板間に茶碗《ちゃわん》と箸《はし》を置き、深々とため息をつく。

「仕官先が見つかって、仕度金を渡されたのだが、その金を掏《す》られた。どうしよう」

「どうしようったって。いくらです」

「三両」

その日に食うぶんにも困っているのに、そんな大金を用立てられるはずもない。

「どこに仕官が決まったんです。事情を話して、許してもらうことはできないんですか」

矢継ぎ早にお吉が問うても、小平は仕官先については、「そのへんの小身の家だ」と言を濁し、あとは、「仕度金を受け取っておきながら、羽織袴《はおりはかま》も大小もなく参じられるか。武士の名折れだ」の一点張りだ。

「じゃあ、どうするんです」

狭く薄暗い室内に、しばらく静けさが漂う。風がやむ。隣の左官一家がにぎやかに夕飯を食べる気配も、今夜に限ってはやけに遠く感じられる。

「なあ、お吉。疲れたな」

小平が言い、お吉はうなずく。

朝一番に、お吉は髪を結い直してもらいにいった。洗濯の仕事は断り、夜を待つ。手ぶらで出かけていった小平は、手ぶらのまま長屋に戻ってきて、

「やっぱりだめだった」

と金策が不首尾に終わったことを告げた。「覚悟はできたか」

とうにできている。お吉は小平の女房だ。小平の行くところなら、どこにだって一緒に行く。決して決して離れはしない。練り薬の入った貝殻を懐《ふところ》にしのばせ、お吉は長屋を出た。

川べりの道を小平と歩く。

吐く息すら見えぬ闇だが、かたわらに大事な男がいると思えば恐れも消える。これからもずっとともにあるのだと思えばさびしくはない。

夜明けが近い。水の流れが淵《ふち》をなしているあたりで、ここにしようかということになる。

お吉は川を背にして、草のうえに正座する。しごきをはずし、小平に渡すとき、ふと思いついて言う。

「本当に、おまえもすぐに来ておくれだね？」

お吉のまえにしゃがんだ小平は、

「えい、なさけない」

と血を吐くがごとき声。「こうして死のうというときにも、まだ俺の心が信じられないか」

小平は小石をつかみあげ、次々と袂《たもと》に入れてみせる。帯に挟んだ包丁を取り、暗がりでもわかるようにお吉の鼻先に突きつける。

「遅れは取らん。おまえの裾《すそ》を見苦しくないよう整えてやったら、これ、こいつで己《おの》が首掻《か》っ切って、ざんぶと水へ」

それならばいい。手を合わせたお吉の首に、しごきが巻かれる。小平が一息に絞めあげてくる。

だめ！　理紗は叫ぼうとするが声にならない。念仏を唱える暇もありゃしないよと、お吉は痛いほどの苦しさのなかでおかしく思う。息ができない。胸もとを手で掻くようにしたら、硬い貝殻の感触がする。これはおまえの心。おまえを愛する私の心。ああ、早く。早くおまえと行きたい。米代ともあかぎれとも無縁の場所で、楽しく暮らそう。おまえと私で。

東の空から光が射す。のしかかるようにして自分をくびり殺す男の顔をお吉は見た。小平は笑っている。

飛び起きた理紗は、ベッドでため息をつく。また止められなかった。変えられない。定められているからだ。すでに起きたことだからだ。やはり、「夢」は理紗の前世であり、お吉の生と死であるにちがいない。

だったら今生では、寿命が尽きるまで小平と幸せでいるようにしよう。そうすればお吉の魂も浮かばれる。

カーテンを引くと、隣家の壁が見える。なんの変哲もない、郊外の住宅街だ。東京は遠い。江戸はもっと彼方《かなた》。

制服に着替える途中で、そういえば小平の顔がはじめてはっきり見えた、と気づく。

なぜ小平は笑っていたのだろう。

恐ろしい疑念がよぎる。もしかして、お吉はだまされていたのではないか。仕度金を盗まれたというのは嘘。遅れを取らないと言ったのも嘘。邪魔なお吉を殺した小平はさっさと逃げだし、仕官先の娘と結婚したのではないか。

まさか、そんなはずはない。指先に貝殻の感触が蘇《よみがえ》る。あまりにも生々しいので、理紗は身につけた制服のブラウスに触れ、次いで布団をめくりあげる。もちろん貝殻はどこにもない。でも、小平はたしかに私にくれた。小平の心。私を愛する小平の心。疑う必要はどこにもない。

「ちょっと理紗、起きてるの」

階下から母親が呼びたてる。

両親にも黙って、東京の大学を一校だけ受験した。一人暮らしをはじめることに、母親は理紗の予想以上に反対する。

「理紗みたいにボーッとした子が一人暮らしなんて、絶対に無理よ」

地元の大学に行くものとばかり思っていたのだろうから、怒るのも当然だ。理紗はなにも言い返さず、新しい生活に向けて準備を進める。春休みのあいだずっと、母親はこれ見よがしに居間で泣いている。

「東京でろくでもない男に引っかかるに決まってる。女の子が一人暮らしなんかして、遊んでますって言いふらすようなものじゃないの。そんな子、就職だって結婚だって絶望的。うまくいくわけがないんだから。ママの言うこと聞けないなら、あとで泣きついてくるのもやめてちょうだいよ」

最後は父親の取りなしによって、なんとか東京へ出ることを許された。行ってきます、と理紗が言っても、母親はテレビのほうを向いたままだ。

腹立ちは駅へ歩くあいだに消えた。新しい暮らしに対する期待が、母親の言葉と態度を押しのけて膨らんだ。

東京での生活をはじめてから、「夢」をあまり見なくなった。どうしたってお吉と小平を止められないと、諦《あきら》めがついたからかもしれない。「夢」を見る暇もないほど、忙しく充実していたからかもしれない。新しい友だち、レポートや試験やゼミ、アルバイト、炊事や掃除や洗濯。

理紗の夜ははじめて、多くのひとにとっての夜と同じ姿になった。意識が黒く塗りつぶされ、幻のようなイメージが夢という形でよぎるだけの夜に。一度だけ見た小平の顔もだんだん薄らいでいく。でもかまわない。ようやく昼の世界に腰を落ちつけ、何人かの男とつきあった。

どの男とも、最初はうまくいく。

理紗は「夢」のなかの生活を引きずり、アパートのベランダでわざわざ七輪《しちりん》を使って秋刀魚《さんま》を焼いたり、風呂《ふろ》の残り湯を洗濯に再利用したりする。そんな理紗を見て、「いい奥さんになるよ」とか「エコなんだね」と男たちはうれしそうに言う。そのくせ別れを切りだす直前には必ず、「理紗ってなんだか男みたいなんだよな。いるじゃん、料理に七輪とか使っちゃう凝《こ》り性《しょう》のやつ」とか「所帯じみてていやだ」と言う。

理紗の好きになる男はたいがい、生活力に欠け、野心や実現したい夢を素直に表明する。「いつか」が彼らの合い言葉だ。そこがいい、とはじめは思う。男は理紗の住むアパートに転がりこみ、生活費をほとんど入れずに理紗の作った飯を食べる。理紗はしまいにはいつも、小平はこうだった、ああだったと思い返す。

どんな男も小平に比べればかすんで見える。死ぬほど愛した小平に比べれば。

気がつくと、男は理紗の部屋から出ていったあとだ。「おまえといると、俺は甘えてしまってだめになる」「尽くしてくれるのが重い」という言葉が残る。

お吉がうらやましいと理紗は思う。お吉の愛と献身に小平は応《こた》えた。死ぬまで二人はともにいた。でも、お吉のせいで、お吉の魂が理紗にも残っているせいで、昼間の生活で男とうまくいかないのかもしれない、とうらめしくも思う。

生まれ育った家にはほとんど帰らぬまま、大学を出て東京で就職した。男はいるときもいないときもある。働くのは楽しい。同僚とひとつの目標に向かって進む喜び。母親からたまに電話がかかってくる。あいかわらず、大半の時間を家でテレビを見て過ごし、十年一日の献立に従って夕飯を作り、夫の帰りを待つ無為《むい》の暮らしをしているようだ。「パパの退職金も思ったほど出ないみたいだし、近ごろは芝居にも行けやしない」と母親は言う。「あんたはどうなの」と聞かれ、母親を傷つけないよう、「まあまあうまくやってる」と控えめに答える自分が誇らしい。かつて望んだとおりの生活を手にしたのだと実感する。小平みたいに支えたいと思える相手は見つかっていないけれど、まだ若いのだし大丈夫。あせらなくていい。私は妥協と後悔と愚痴に彩《いろど》られた母親とはちがうのだから、と理紗は思う。

「夢」はまったくと言っていいほど見ない。マンションに引っ越したのを機に、七輪も流しの下の収納にしまいこんだままだ。お吉と小平が遠のいていく。夜にはべつの生活があったこと自体が、夢だったのではないかとすら思う。

どんなつながりか思い出すのも困難な親戚《しんせき》から電話があったのは、就職して五年目の盆休みまえだった。

「理紗ちゃん、知ってるの？」

中年の女が電話口でまくしたてたことによると、理紗の両親は離婚するかもしれないそうだ。原因が母親の浮気だと知り、理紗は衝撃を受ける。「まさか」という驚きと、「なにをやってるんだ」という憤《いきどお》りと、なぜかかすかな敗北感とが入り交じった衝撃だ。

二時間ほど電車に揺られ、盆に帰省する。予想に反し、家のなかは静かで穏やかなものだった。理紗が暮らしていたときと変わらず、台所のシンクは磨きあげられていたし、居間のテーブルに古新聞が積みあがっているようなこともない。父親は食卓に並んだ手料理を食べ、妻と娘に向かってたまにおもしろくもない冗談を口にする。

なにもかもが以前と同じだ。

あの電話はなんだったのか。親戚にだまされたのかと理紗は思い、なぜだます必要があるのかと混乱した。

父親の運転する車で、墓参りに出かけた。緑濃い山では、蟬《せみ》がうるさいほど鳴いている。真昼の太陽の下を、手桶《ておけ》や線香を持ったひとが行き来する。斜面に並んだ墓石は水をかけてもすぐに白っぽく乾き、供えられた花は早くもうなだれだしている。

父親が水を汲《く》むのを、理紗は少し離れた木陰で待つ。掌《てのひら》の汗で線香が湿ってしまいそうなほど暑い。菊を抱えてかたわらに立つ母親が、あいた手で白いハンカチを出して額をぬぐう。小さな蜂《はち》が花に近づき、やがて満足したのか茂みへ飛び去る。

と、父親は斜面に設《しつら》えられた階段を上りはじめる。理紗と母親も木陰から出て、強い日射しのなかを歩く。

「おう、行くぞ」

「おばさんから聞いたんでしょ」

なんでもないことのように母親が切りだす。「ママ、離婚しようかと思って」

理紗は、さきを行く父親の背中を思わずうかがう。聞こえているのかいないのか、父親は歩調を崩さない。

「離婚して、どうすんの」

「どうしようかしらねえ。理紗に面倒見てもらおうかな」

母親の横顔には屈託《くったく》のない笑みが刻まれている。ぞっとした。相手がどこで会ったどんな男なのか、母親は話したそうな素振りを見せたが、理紗は聞かなかった。知りたくもない。

墓参りに行った足で、逃げるように東京へ戻った。

両親はいつのまにか仲直りしたらしい。おせっかいな親戚が、また電話をかけてきて教えてくれた。

「理紗ちゃんが顔を出したおかげよ。やっぱり子は鎹《かすがい》って本当ねえ。理紗ちゃんみたいな娘がいて、お母さんも安心だ。おばさんとこなんか、子どもは男ばっかりでしょ？　もう、親と話なんてちっともしないんだから。どこでなにをやってるんだか、わかったもんじゃない」

安心とはどういう意味だと理紗は思う。両親の老後は一人娘の理紗が世話するものと決めつけている。母親も、親戚も、たぶん父親も。冗談じゃない。それはうまくいっている親子の場合だろう。母親の浮気は、見て見ぬ振りをした父親は、うやむやになった離婚話は、いったいなんだったのか。かといって、両親を放りだしたら周囲にどんな目で見られなんと言われるだろうかと思うと、怖い。拒むだけの勇気が出ない。

きっとこのままだ。十五年もしたら、東京と年老いた両親の住む町とを往復する暮らしになる。逃げられない。そのころには理紗にも夫と子どもがいるはずだが、夫と子どもがなんの役に立つだろう。両親の子どもは理紗だけだ。両親とつながっているのは理紗だけだ。

せっかく思い描いたとおりの生活を手に入れたと思ったのに。努力して、家を出て母親から離れ、つかんだと思ったのに。

母親は理紗を地元に呼び戻そうとしてか、電話のたびに見合いの話を持ちかけるようになった。

「理紗、もうすぐ三十歳じゃない。ちゃんと考えてる？　やっぱり孫の顔を見たいわねって、ママ、このごろパパとよく話してるの」

土曜の朝にインターフォンが鳴るのでなにかと思ったら、速達で釣書《つりがき》と布張りの薄いアルバムが送られてきた。「市役所にお勤めで、とっても真面目《まじめ》でいいひとだそうだから」というようなことが書かれたメモが添えられている。写真も見ずに送り返す。

「最近、元気ないみたいだけど」

と根岸《ねぎし》に言われる。「なんかあるんなら、聞くよ」

三十代半ばで課長の根岸は、とびきり出世が早いほうだ。仕事ができるのはもちろん、気配りにもそつがない。課内の親睦《しんぼく》を深める恒例の飲み会の席でも、こうしてさりげなく部下全員に声をかけてまわる。

「そうですか、そんなことないです」

「まあま、一杯。まだ同じもんでいいか？」

根岸は理紗のコップにビールを注ぎたし、座も乱れてあいていた隣の座布団に腰を下ろす。素っ気ない理紗の返事に気を悪くしたふうでもなく、黙って自分のコップを傾ける。

「べつに課長に話したいことありませんよ」

と重ねて言うと、

「かわいい部下と親しく酒でも酌《く》み交わそうかなってだけですから」

と茶化した口調で根岸は笑う。

ひさしぶりに「夢」を思い出した。一度だけ見た、そしてだんだん薄れてしまった、朝の光に照らしだされた小平の顔。どことなく根岸に似てはいなかったか。柔和で邪気のない笑い顔。

大学の同級生と結婚した根岸には、もう中学生になる息子と小学四年生の娘がいると聞いたことがある。理紗はふと、思いきって相談してみようかという気になる。根岸は頼ってくる部下を無下《むげ》にしない。今後も順調に出世しそうな上司に、素直に相談を持ちかけるのは仕事のうえでもプラスになるという打算があったし、会社での理紗しか知らない相手だからこそ話せるという一種の気楽さもあった。

「結婚するってどうですか？」

「きみの気持ちはありがたいけど、俺はもうしてるから」

「そういう意味じゃありません」

「冗談だよ。なに、見合いでも勧められてるの」

「なんでわかるんですか」

「そりゃ、そんなお年頃かなと思って」

いい？　と確認を取ってから根岸は煙草《たばこ》に火をつける。「いいもんだよ、結婚。迷ってるなら、一度ぐらいはしてみれば」

「何度もしたくないから、迷うものなんじゃないですか。仕事だってあるし、母のお墨付きなんて全然あてにならないし」

「結婚して子どもができたって、田宮《たみや》の仕事面でのサポートは俺がする。そこは不安になる必要はないよ」

急に動悸《どうき》がする。小平はやっぱり根岸に面差《おもざ》しが似ていた気がする。

「で、見合い相手ってどんなひと？」

とっくに断ったというのに、勝手に口が動いた。

「うちの実家のほうで市役所に勤めてるんです。真面目でいいひとなんですけど」

「じゃあ、もし結婚したら、会社を辞めなきゃいけないんだろ？」

根岸が灰皿でねじ消した煙草から、白い煙がまだ立ちのぼっている。「真面目でいいひとで、それで？　きみには似合わない」

膝《ひざ》に置いた理紗の手に、根岸の手が触れる。まわりで同じ課の人間が騒いでいるということも忘れ、二人は小上がりの座卓の下で手と手を重ねたままでいる。

たまたま一緒に出張したのをきっかけに、理紗は根岸とつきあうようになる。奥さんと別れてほしいとは言わないようにした。しかし根岸は理紗の気持ちをちゃんとわかってくれている。「妻にはもう、離婚したいと言ってある。少し時間がほしい」と言う。

週末に江ノ島《えのしま》に行ったそうで、土産だと桜貝の入った小さなガラス瓶を渡された。コルクの栓がしてあり、瓶《びん》の首に金具がついたキーホルダータイプのものだ。小学生でも買わない。

「ださい」

と理紗が笑うと、

「冬の江ノ島なんて行くもんじゃないよ。寒いわ客いないわで、わびしいわびしい」

と根岸は首を縮めてみせる。

そう言いながら家族サービスしたんだろうと思えば口のなかがざらつくが、気づかってくれる根岸の心がうれしい。瓶を振ると薄いピンク色の貝は砂が揺れるような音を立てる。二枚貝に描かれた花を思い出した。やっぱり小平だ。ずっと探していた。今生でまた会いたいと願っていた。もう離れられない。

母親は諦めず、その後も見合い写真を送ってきたが、四回目に返送するついでに理紗はとうとう電話で言う。

「ママ、悪いけど私いま、つきあってるひといるから」

「なんだ、そうなの。あんたそういうことちっとも言わないから、ママだって心配したんじゃない。どんなひと？　今度連れていらっしゃいよ」

「そのうちにね」

と受け流して通話を切る。本当は言ってしまいたい。子どものころからわかっていた。彼は運命の相手。私たちは前世から結ばれている。死ですらも二人を引き離せない。きっと来世も、私たちの魂はひとに転生して結ばれる。

理紗の手は荒れるようになる。いままで洗剤に負けたこともなかったのに、皮膚が乾燥し赤くひび割れる。お吉だ。私のなかのお吉が小平との再会を喜んでいる。

根岸の背中を撫《な》でたら、「すごいあかぎれ」とくすぐったそうに笑われる。「どうしたの、これ相当痛いだろ」と、理紗の手を取って唇を押し当ててくれる。

「全然平気」

まるで痛くない。胸が震えるばかりだ。

課の人間はたぶん全員察しをつけている。人事にも噂《うわさ》が届いたのか、春に理紗だけ総務課に異動になった。

いままで出張も多く、忙しく飛びまわっていたので、社内での事務仕事が主な総務課はつまらない。でも、まったく気にならない。根岸と会えなくなったわけではない。根岸と出会えていなかったころを思えば、課がちがうことなど苦でもない。

「もう少し気をつけてくれないと」

と根岸は言う。「きみはなんていうか、わかりやすいんだよ。態度とか視線とか」

なにがいけないの。あたりまえじゃない。何百年も経《た》ってやっと会えたのに、うれしくないほうがおかしい。そう思うけれど、根岸に迷惑はかけたくないから言われたとおり気をつける。

根岸は頼もしい。仕事の進めかたも、二人で行ったレストランでなにを食べるかも、すべて率先して決めて理紗を導いてくれる。根岸とつきあってはじめて、理紗は甘え委《ゆだ》ねる快さを知った。のしかかっていた重いなにかを下ろすみたいに、一緒にいると心が浮き立ち、不安や迷いが晴れる。

理紗は五年待った。

子どもを生みたい。さすがにあせりが芽生える。根岸は離婚という言葉を、もうずいぶん口にしない。遠まわしに探りを入れると、「妻がごねていて、なかなか進まない。もう待てないというなら、きみの意思に従う」と言う。理紗がどれだけ待ったか根岸は知らない。いくらでも待つと理紗は思う。

愛してるから。根岸しかいない、定められた相手は。

四十を越えた根岸は部長になり、それはあいかわらず早い出世だったが、もうここまでだとの声も聞かれる。原因が理紗にあるというのは衆目の一致するところだ。理紗の耳にはいろいろな忠告や陰口が届く。

いいかげん目を覚ましなよ。ずるずるつづけたって、なにもいいことないじゃん。根岸さんも気の毒にね。彼女ってまえから、ちょっと思いこみ激しい感じしたし。奥さん、かなりキテるんだって。うわあ、こわい。でも、部長も自業自得《じごうじとく》だよ。指輪はずして合コン行って、お持ち帰りとかしてたもん。いまもでしょ、それ。

友だちが、会社の人間が、したり顔をする。そのせいか、このごろ根岸は苛立《いらだ》っているようだ。理紗は陰口などはなから信じない。根岸をよく知りもしないくせに。おおかた、根岸を妬《ねた》み、足を引っ張りたくてたまらないやつらなんだろう。哀れだなと思う。

クリスマスも正月も、根岸は妻子と過ごす。「娘はまだ中学生だから」と根岸は言う。「しかたないんだ。さびしい思いはさせたくない」。理紗だってさびしい。でも、根岸の娘のためにプレゼント選びを手伝い、家へ戻る根岸を笑って見送る。所詮《しょせん》は偽りの家族だとわかっているからだ。

それでもさすがに一人の年越しに飽き、大晦日《おおみそか》の夕方に郷里へ帰ることにした。五年ぶりに会う両親は皺《しわ》と白髪が増え、しかしありようは変わらない。母親は遠慮も容赦もなく理紗を追いつめ、無口で無害な父親はまるで置物だ。

「ねえ、なんで連れてこないの」

母親は湯がいた蕎麦《そば》をすすりながら言う。「あんたが帰ってくるって言うから、来年こそは落ち着いてくれるもんだと思ってたのに。まだつづいてるんでしょ?」

「別れるわけないじゃない。でも、タイミングもあるし」

「タイミングって、なんの。そんなのとっくに過ぎてるでしょうが。自分をいくつだと思ってるの」

おおげさなため息。「どうせろくでもない男なんでしょう。ママの言ったとおりになった」

怒りでどうにかなりそうだったが、理紗はこらえる。母親はなおも、「帰ってきたら? 仕事はまたこっちで見つければいいじゃない」とか、「ママたちも年取ってきて、夫婦だけじゃ心細いし」とか、「いまならまだ、いいお相手もいるわよ。そりゃあ、あんたの年齢も年齢だから一番いい相手とはいかないだろうけど、そこはちょっと妥協して」とか、目が合うたびに言う。しまいには理紗が黙ってうつむいていても一方的に言う。

丸一日も経たないうちに理紗の我慢は限界を迎え、正月二日の早朝の電車に乗った。あとはマンションの部屋で、さしておもしろくもないお笑い番組を見て過ごした。テレビの脇《わき》のチェストには、こまごまとした写真やら造花やらとともに、根岸がくれた桜貝の小瓶が飾ってある。

もし、このままだったらどうなるんだろう。根岸と結婚できず、子どももおらず、居心地の悪い会社でなんとか定年まで粘って、年老いても根岸の訪れをひたすら待つだけで、そのうち部屋で一人で死んでいるところを大家に発見されるのか。根岸は妻や子どもや孫に看取《みと》られるのに？

おかしい。こんなはずではなかったと理紗は思う。お吉は小平ともっと幸せに暮らしていた気がする。いや、いまと同じような感じだったかもしれない。いつも切羽詰《せっぱつ》まっていて、貧しく、苛立ち、互いの存在にすがっているだけだったかもしれない。ずいぶん「夢」を見ないから忘れてしまった。

新年に出社して早々、

「営業の根岸部長、奥さん子どもとハワイで年越ししたんだって。優雅でいいよねえ」

と、女子トイレの鏡のまえでご親切にも同僚が教えてくれる。こめかみが熱くなる。泣きたいのか笑いたいのかわからない。

もう充分に待ったと思う。理紗は根岸の妻に会いにいくことにする。

有休を取り、根岸の自宅近くの喫茶店で根岸の妻と待ち合わせる。やってきた女は、根岸と同い年のわりには若く見える。質素なようでいて、実はそれなりの値段のする服を趣味よく着こなしている。

「一度ご挨拶《あいさつ》しなくちゃと思ってたんですよ」

女は微笑《ほほえ》みを浮かべ、紅茶を一口飲む。「うちの主人がお世話になってます」

「根岸さんといつ別れてくださるんですか」

「あら、主人とのあいだで離婚の話なんて出たことありませんけど」

気の毒そうに言われる。「なにか勘違いなさってるんじゃない?」

根岸の妻が立ち去ったあとも、理紗はテーブルから動くことができない。店員が水の入ったコップを取りあげ、注ぎたしてまた置く。テーブルにできた丸い水の輪に理紗は視線を落としている。

根岸が、支店長といえば聞こえはいいが実質的に左遷《させん》されたのは、社長をはじめとする重役のもとに根岸の妻が不倫を告発したせいだともっぱらの噂だ。そうではなく、根岸が理紗が交際の証拠を集めて匿名《とくめい》で社長に送りつけたのだと言うものもいれば、根岸が合コンでヤリ逃げした女が怒って会社に怒鳴りこんできたのだと言うものもいる。

明らかなのは、根岸はもう終わりだという事実で、そうなると引き潮《ひしお》に乗ったようにまわりからひとがいなくなる。根岸とつきあいはじめたころから、理紗は露骨に遠巻きにされていたから、いまさら立ち位置は変わらない。聞こえるように言われる陰口にも慣れている。

根岸さん、まじで余裕ないらしいよ。支店も全員が事情知ってるだろうしねえ。奥さんがとうとう離婚するって言って、貯金とか全部持ってかれそうだって。それだけじゃすまないでしょ、お子さんの養育費だって払うんだろうし。ていうか、不倫相手はどうなわけ。やっぱり訴えられたら慰謝料払うんでしょ、奥さんに。ばかじゃん。わかっててやってたんでしょう？　すんごい堂々としてたもんね。仕事しろっての。どうでもいいけど、ほんと迷惑。

理紗は一日に何度も根岸の携帯へメールを送る。心配でたまらない。つらい思いをしてほしくない。根岸からの返信は一日に一度あればいいほうで、内容も「大丈夫だから」というだけの短いものだ。でも、喜びと安堵《あんど》で理紗は何回も読み返す。

週末ごとに根岸の転勤先を訪ねたいのだが、「まだごたついているから、来てくれなくていい」と根岸は言う。引っ越しの荷物だって、一人ではなかなか片づかないだろうに。食い下がったら、「今週は奥さんと子どもたちが来るんだよ。察しろよな」と素っ気なく電話を切られた。

離婚したのだと、少なくとも話が進んでいるところだと思っていた。配偶者の有無まで調べられるような書類は、アクセス制限されていて総務課でも限られたものしか見られない。ただの単身赴任なら、私はどうなるのか。部屋でクッションに顔を押しつけて悲鳴に似た叫びを上げたら、喉《のど》が切れたのか口内に生ぬるい血の味が広がる。

やっぱり不安になる必要はなかったのだと、すぐに判明する。根岸は転勤して二カ月もしないうちに、また頻繁に電話してくるようになった。「さびしくてさ」とか「もう離婚する。決めた。でも子どもに会えないのはなあ」とか「俺、だめだよ理紗。金も全部取られちゃうし、田舎の支店長じゃ給料もたかがしれてるし」とか、弱ったところを理紗にだけ見せるのが愛《いと》しい。

このひとが心を許せるのは私だけ。このひとを支えられるのは私だけ。そんなのはずっとまえからわかっていたこと。

理紗は根岸のいる支店への転勤願いを出す。上司が人事に諮《はか》ることもなく失笑とともに却下したので、迷わず退職する。

とうとう根岸と暮らすことができる。ずいぶん雪の多い町で、はじめての冬を理紗も根岸もはしゃいで過ごす。除雪車も雪かきもなにもかもが目に新しい。二人きりのあたたかい部屋で鍋《なべ》を食べる。理紗は出窓に桜貝の小瓶を飾った。そんなの持ってきたのかと根岸が笑う。幸せだと理紗は思う。この幸せをずっとつづけようと思う。お吉と小平のためにも。

もうとっくに妻とは別れたはずなのに、春が来ても根岸はプロポーズしてこない。あんまり居心地がいいから、結婚したのと同じだと安心してしまっているのだろうか。いや、心の整理をちゃんとつけてから、理紗の両親にも会いにいって、と算段しているのかもしれない。理紗はさまざまに思いめぐらし、まあいずれ近いうちに結婚はするのだから、がつがつしないようにしようと結論づける。

根岸は貯金のほとんどすべてを別れた妻のもとに残してきたというし、毎月の給料から子どもの養育費も振り込まなければならないしで、生活は厳しい。念願かなって、根岸とべったりくっついて暮らす三カ月を送り、理紗は一応満足する。そろそろこの町での働き口を見つけよう。正社員として採用されれば給料は安定するだろうけれど、すぐ赤ちゃんができるかもしれないし、時間がある程度自由になるパートのほうがいい。部屋に明かりをつけて、夕飯の準備もちゃんと整えて、帰ってくる根岸を出迎えてあげたい。根岸の元の妻は専業主婦だった。比較されたくない。やっぱりまえのほうが、なんて思われたくない。

スーパーのレジ打ちをする。以前の会社でしていた仕事に比べれば格段に単純な作業で、パート代も微々たるものだ。それでも、同僚のおばちゃんたちも老人がほとんどの客も、ひとなつこくて親切だから楽しい。少しでも家計の足しになればと、家事の妨げにならないぎりぎりまでシフトを入れる。スーパーの店長に、「扶養控除の限度を超えちゃわないようにしないと、ご主人に怒られるよ」と言われる。それで理紗は、たとえば妻が年間の所得を規定の金額内に抑えれば、夫の支払う税金が少し優遇されるのだと、おぼろげながらに理解する。

結婚したい。ふいに焼けつくように思う。プロポーズを待とうだなんて、だから私は子どものころからぼんやりしていると言われるんだ。根岸から言ってほしいなどと、ここまで来てこだわるのはばかみたいだ。

帰宅した根岸に、店長から言われたことを早速報告する。

「私、全然知らなかった。三十過ぎてるのに、物を知らなすぎて恥ずかしい。根岸さ理だけど、籍だけでもすぐにさ、入れたほうが」

「そのうちって？　いつ？　もちろん、いまから六月とかいうのは式場取れなくて無
「そのうちな、そのうち」

「ねえ、結婚しようよ。コウジョしてもらえるんだし」

「まあ、そりゃあ」

んは知ってたでしょ？」


「理紗」

とさえぎった根岸の表情を見て、理紗も顔の筋肉を強張《こわば》らせる。「言いそびれてたんだけど、俺まだ、奥さんと結婚してるんだよ」

「どういうこと？」

意味がわからない。根岸は居心地悪そうに身じろぎ、理紗のいれた茶を飲む。

声がかすれる。「だって、じゃあなんで貯金がないわけ？　奥さんへの慰謝料じゃなかったの？　いつ別れるの、いつ私あなたと結婚できるの、会社だってやめたんだよあなたが来てほしいって言ったから！」

「来てほしいとは、べつに」

「言ったじゃない！　言ったよね？　奥さんと別れる、決めたって、だから私、あれ

はなんだったのよねえなんだったのよ!」

溜《た》めこんだ鬱屈《うっくつ》が迸《ほとばし》り、理紗は泣き叫んで近くにあるものを手当たり次第に投げる。湯飲みもクッションも安物の小さなローテーブルも写真立ても。桜貝の小瓶だけは少し手加減して、壁ではなくカーペットに投げつける。

「ちょっとこじれてるだけで、本当にもうすぐ離婚が成立するから」

なだめられ、感情を爆発させたおかげですっきりもしたので、それならまあいいかと理紗は根岸と寝る。

「夢」を見たい。お吉と小平が長屋で幸せに暮らしている姿をまた見たい。そう願う。

理紗は根岸としょっちゅう喧嘩《けんか》をするようになる。原因は離婚が進まないことで、理紗はどうなっているのかと怒鳴ってはもう少しだと根岸に言い含められて冷静さを取り戻す。けれどだんだん感情の振幅が大きく、間隔は狭くなり、自分でもおかしいと思うほど根岸をなじってしまう。はじめは反論しなかった根岸も、このごろでは怒鳴り返してくる。手が出ることもある。理紗は殴られて壁まで吹っ飛ぶ。

目のまわりにできた痣《あざ》を見て、パートのおばさんたちは気まずげに顔を見合わせる。店長に「帰ったほうがいいよ」と勧められる。更衣室の鏡を見たらまぶたが化け物のように腫《は》れあがっている。これじゃあ接客なんてできないよなと理紗は笑う。

殴られるとわかっていても、嘘つき結婚するって言ったくせにと根岸に詰め寄らずにはいられない。根岸はあまり部屋に帰ってこなくなる。たまに帰ってくるとひどく酒を飲む。

もう何十回目かわからない喧嘩をし、理紗は顔の形が変わるほど殴られてわんわん泣く。声も涙もほとんど出ていない。でも根岸のまえで子どものように床に泣き伏す。しまいには呼吸が苦しくなり、ひきつけを起こしたみたいに体が痙攣《けいれん》した。根岸が抱え起こしてくれる。理紗の肩や髪を撫で、濡れたタオルでやさしく顔を拭《ふ》いてくれる。

しゃくりあげながら譫言《うわごと》みたいに理紗は言う。

「ねえ、死んじゃおうよ。私たち江戸時代から恋人同士だったんだよ、二人で一緒に死んだんだよ、知ってた？　結婚できないのいやだ。死んでも大丈夫、絶対来世で会えるし今度は必ず結婚できるから。だから死のう」

「大丈夫か、おまえ」

と根岸は言う。「疲れたな」

疲れたと言ったくせに、息苦しくて目覚めると隣で眠っていたはずの根岸が理紗の布団に入ってきている。もうやめちゃいたいよなほんとにとつぶやきながら根岸は理紗の下半身だけ脱がせ、腰を動かす。理紗も動きに合わせる。動きが激しくなる。根岸の手が強い力で理紗の鎖骨のあたりを押さえ、そのまま首筋をゆっくりなぞりあげる。

のしかかる男の影は夜に似た黒さで理紗の視界を覆《おお》いつくす。

炎

その出来事は、私たちのなかに深く静かに浸《し》みこんでいった。薄紫の空に閃光《せんこう》が走り、遅れてかすかな雷鳴が響くように。湖の真ん中にできた銀色の波紋が、広がってやがては岸辺に届くように。
それはゆっくりと押し寄せ、私たちの心を削り取っていった。

高校は丘のうえにあり、丘にはほかに墓地とラブホテルしかない。生徒は駅前から、「緑山墓苑《みどりやまぼえん》行き」の路線バスに乗る。蛇《へび》みたいにうねる道を二十分かけて上り、終点からひとつ手前のバス停で降りれば、そこが校門だ。終バスは午後七時二十五分。ヘッドライトが白く道を照らし、つづいてカーブからバスが姿を現す。練習を終えた運動部員や、会議が長引いた生徒会役員や、特に用事はないけれど学校で時間をつぶしていた生徒が、バス停に列を作る。「緑山高校前」と表示されたバス停の灯《ひ》に、夏は数えきれないほどの虫がたかる。

終バスを逃すと、麓《ふもと》まで小一時間歩くしかない。文化祭の準備期間などは、教師の目を盗んで居残り、歩いて丘を下る生徒も多い。木々の狭間《はざま》に見え隠れする町の明かりを横目に、友だちとしゃべりながら暗い坂を歩く。ラブホテルを目指す男女を乗せた車と、たまにすれちがう。ところどころのカーブミラーに、「チカンに注意」の錆《さ》びた看板がくくりつけられている。

駅前からほぼ十分間隔で発車する朝七時台のバスは、緑高生《りょっこうせい》でいっぱいだ。混雑を避けるため、私は六時五十五分発のバスに乗ることにしていた。学校に着いてから始業までの一時間ほどは、教室で眠ったり予習したりして過ごす。暑い時期は、朝練をする水泳部員の子に頼み、プールの隅でのんびり泳がせてもらうこともあった。水はとても冷たい。常夜灯に誘われたのだろう虫が、朝の光に照らされて水面《みなも》に黒く浮いていた。気温の上昇とともに、寝ぼけた声で蟬《せみ》が鳴きだす。

朝のバスに乗りあわせるのは、だいたい同じ顔ぶれだ。立木《たちき》先輩はそのなかにいた。車内で立っているのは十人ほどで、先輩も私もたいてい座らない。だからたまに、先輩の隣の吊革《つりかわ》につかまることもあった。先輩はいつも、左脇《わき》にぺちゃんこの学生鞄《かばん》を挟み、左手に持った文庫を読んでいた。親指が器用にページをめくり、めくられたページは、右ページを押さえる小指の下に収まっていく。手品みたいに優雅で滞《とどこお》りのない動き。右手は吊革を軽くつかんでいる。視線を文庫に落としたまま、先輩はどんなカーブも柔らかに乗りこなした。

先輩の指と横顔をときどき盗み見た。先輩を形づくるうつくしいラインを。

隣では近すぎるほどだった。一番いい位置は後部ドアのそばのポールだ。そこからなら、不自然ではない程度に先輩を見つめることができた。

先輩は私の存在に気づいていなかったと思う。

　気づいてほしいとは思わなかった。私は外見にも能力にも目立つところがない。中学までと同様、高校に入ってからも、「地味な生徒」の代表格みたいに集団に埋没していた。たとえば先輩に告白し、つきあうようになるとか、そんな希望は抱かなかった。一度も考えたことがないといえば嘘《うそ》になる。でも、気持ちに応《こた》えてほしいと本気で望んだりはしなかった。そんなレベルはとっくに超えた。

　愛は、対象からの愛や憎しみや無反応を感受して増幅したり消失したりするけれど、恋はいくらでも一人でできる。

　登校してきた友だちは、いつもすでに教室にいる私を見て、「まじめだねえ」「亜利《あり》沙《さ》、どんだけ早起きなの」と笑った。「えー、そっかな」「家にいてもすることないしさあ」と私も笑ってみせた。

思いは私だけのもの。私の心のなかでだけ息づくもの。

立木先輩は国公立文系クラスで、全国模試でもかなり上位の成績だったらしい。東大でも京大でも現役で入れると、教師もかなり期待を寄せていた。私たちの学校は、付近では大学進学率が一番いい県立高校だったけれど、さすがに先輩ぐらい勉強のできる生徒はそうそういなかった。

かといって、先輩は決して堅苦しいガリ勉タイプではなかった。穏やかだが、ぼそりとおもしろいことを言うらしく、笑い顔の友人に囲まれていることが多かった。華のある、目立つひと。私とは正反対だ。片手でたりるほどの友だちしかおらず、その友だちも引っくるめて、クラスで「地味派」と陰口を叩《たた》かれるような私とは。

高校に入学した当初から、私はけっこうあからさまに嘲笑《ちょうしょう》されていた。「あの髪の毛、長すぎるよね」とか、「うわ、暗そう。まじうざい」とか。そう言うのは派手な女子の一団で、私はひそかに「化粧おばけ」と呼んでいた。二年になったらクラスがわかれるかと思ったのに、化粧おばけの頭目《とうもく》と同じクラスになってしまった。

楢崎初音《ならざきはつね》は頭目のくせに、悔しいことに薄化粧だ。化粧などしなくても、白い肌にはニキビひとつないし、だれもがちょっと驚くほど目鼻立ちの整った顔をしていた。

つんつんに短くした髪が、細身の体つきによく似合う。

頭目に祭りあげられているけれど、初音は化粧おばけと一緒になって陰口を言ったりはしなかった。陰口を止めもしない。ただ、薄く微笑《ほほえ》んでいるだけだ。取り巻きの化粧おばけと地味派の私たちとに対する蔑《さげす》みを、強く輝く目に等しく宿して。

だれともつるもうとしない異端を、私たちは敏感に嗅《か》ぎわける。根本の部分で群れないし媚《こ》びない初音は、うつくしさのせいだけではなく際立《きわだ》つ存在だった。

そんな初音が立木先輩とつきあっていることは、緑高生のほぼ全員が知っていたはずだ。知って、認めるものもいれば認めないものもいた。私は、「そうなのか」と納得したけれど、「先輩のお情けだよ」と私の友だちは言った。先輩と同じ中学だったその子によると、先輩は母親と二人暮らしで、母親を助けて家事はすべてやっているとのことだ。

「だからなのかなあ。中学のころから、立木先輩って面倒見がよかったもん。フラフラしてる楢崎のこと、放っておけないってだけじゃん？」

友だちには悪いけれど、それはたぶんちがうだろうと感じた。私ほど先輩を見つめてきた人間はいない。私ほど初音を意識しながら、教室での居場所を見定めていた人間もいない。だからわかる。私は見た。呼び声に応えて振り返った先輩の、初音に向けた優しい眼差《まなざ》しを。並んで屋上のフェンスにもたれた先輩と初音の、語りあう安らいだ表情を。連れだって下校する二人の手が、バス停に並ぶ直前に一瞬だけ結ばれたのを。

私はちゃんと見ていた。そして、もし私が初音みたいにうつくしく強く生まれついていたら。そう考えて軋《きし》む感情とは裏腹に、二人はつきあって当然だと納得したのだった。

立木先輩は夏休み最後の日に焼身自殺した。

校庭で朝練をしていた生徒の証言によると、先輩は駅前発六時五十五分のバスに乗って、学校に来たらしかった。校門をくぐった先輩は制服を着ており、たまたま居合わせた剣道部の後輩が、「おはようございます」と声をかけると、「おはよう」といつもと変わらず穏やかに返した。図書室に用があるか、進路相談でもあるかのような風《ふ》情《ぜい》だったそうだ。

妙だったのは、先輩が学生鞄ではなく灯油用の赤いポリタンクをぶらさげていたことで、「なんだろう」と少し怪訝《けげん》に思った後輩は、校庭をランニングしながら目の端で先輩の動きを追っていた。淡々と校庭を横切った先輩は、サッカーのゴールポストのまえまで来ると、地面に両膝《りょうひざ》をつきポリタンクの中身を頭からかぶった。止める間もなく、先輩は燃えあがった。校庭にいただれもが、立ちすくむしかなかった。炎と煙が高く上がり、タンパク質の焼けるにおいが朝の学校に漂った。だれかが校舎内から消火器を持って駆けてきたが、もう遅い。先輩は黒く焦《こ》げてまえのめりに校庭に転がっていた。

その話は当日のうちに広まった。私は自宅で、昼のそうめんを食べているところだった。友だちから、「立木先輩が今朝、学校で亡《な》くなったらしい」と携帯にメールが来て、私は箸《はし》を置いた。縁側から青い空が見えた。「どうしたの、早く食べちゃいなさい」と母親に言われ、再びそうめんをすすった。

返信はしなかった。どう考えればいいのか、知らせが真実なのか、なにもわからなかった。そのあいだも、焼身自殺であるとか、警察と消防が来て学校は大騒ぎになっているとか、翌日の始業式は延期になり夏休みが増えるようだとか、さまざまな情報が携帯にもたらされた。

夜になって、正式に学校から連絡網がまわってきた。始業式は一日延期と決まり、思いがけずもたらされた余分な休みを、私はふだんどおり家でごろごろして過ごした。

翌日、六時五十五分のバスは異様な緊張感で満たされていた。先輩はバスに乗っておらず、かわりに初音がいた。それまでには一度もなかったことだ。初音はポールを握り、バスの窓から外を眺めていた。なんの感情もうかがえない顔つきだった。

ああ。先輩は本当に死んだんだ。

車内で会話するものはもちろん、咳払《せきばら》いするものすらいなかった。沈黙を鋳型《いがた》で押したようなバスは坂道を上っていった。

始業式は全校集会と名前を変え、体育館に集まった生徒に校長から説明があった。立木先輩が死んだこと。原因を知るためにアンケートを採ること。みなさんは命を大切にしてほしいということ。

ゴールポストには花が供えられ、そのまえの地面には影のような染《し》みができていた。だれもがなんとなく、そこを迂回《うかい》して校門と校舎とを静かに行き来した。少なくとも数日のあいだは。

すぐに通常どおり、体育の授業で校庭を使うようになった。先輩が燃えかすになった箇所の砂は、風に吹かれ行き交う生徒の靴底にこすられていった。

アンケートでは、めぼしい回答は得られなかったようだ。いじめの事実はもちろんのこと、先輩がなにかに悩んでいたという証言も出なかった。動揺を鎮《しず》めるためと称し、カウンセラーが派遣されてきた。でも、生徒が保健室へ相談に行ったという話は聞かなかった。当日の朝に先輩が燃えあがるのを目撃した生徒が、精神に変調をきたして駅前のクリニックに出入りしている、とまことしやかに囁《ささや》かれたが、それも噂《うわさ》にすぎない。では、何年何組のだれなのかというと、とたんに話があやふやになる。学校のなかは静かだった。不気味なほど。なにもなかったみたいに、立木先輩なんてはじめからいなかったみたいに、日常がつづいていった。先輩が未成年だったからか、報道もほとんどされなかった。

夢なのだろうか。私は半ば本気で、そんなふうに考えた。先輩が灯油をかぶって死んだこと、いや、先輩が存在したこと自体が、夢のように思えた。現に、私はちっとも悲しくなかった。なにも感じなかった。なにを感じればいいのか、自分の感覚も感情も夢のように実体がない。

私は先輩と、触れあうこともしゃべることも、視線を交わしたことすらなかった。夢よりも遠い。死んだと言われても、じゃあ先輩が本当に現実に生きていたひとなのかどうか、そこからしてわからなくなった。

だけど静けさは、表面的なものだったのだ。鏡に似た川面《かわも》の下に、流れの激しい深い淵《ふち》が刻まれているように。青空に悠然と湧《わ》きあがる夏の雲の内部で、風雨が逆巻《さかま》きうねっているように。先輩を知るすべてのひとが、たぶん声もなく叫んでいたはずだ。

なぜ死んだ？　あまりにも激しすぎる方法で、なにを訴えようとした？　彼を焼いた炎が照らしだすのはだれだ。

残暑が薄まっていくのにつれて、変化はゆっくりと進行していた。学校は先輩の死をないもののように扱い、どこで生まれたのか定かでない噂だけが、幽霊みたいに生徒の口から口へと廊下をさまよい歩いた。先輩は成績が下がって悩んでいたとか、家に借金取りが押しかけてきて困っていたとか、母親が男と逃げてしまったらしいとか。

教室での初音は、いままでとなにも変わらない態度だった。でもクラスメイトは、初音とぎこちなく距離を取った。先輩が死を選んだのは、初音に別れを切りだされたためだと、いつからともなく囁かれるようになっていたからだ。初音の歓心を買いたがっていた取り巻きの化粧おばけまでもが、「えー、だって、初音が原因なんでしょ？」「ちょっとひどくない？　立木先輩かわいそー」などと、ひそめた声で言いあった。残酷な好奇心が、顔ににじみでていた。

だけど真実はだれも知らない。

初音は六時五十五分のバスで登校しつづけた。先輩のいない車内で、私はずっとうつむいていた。バスから降りると、初音のあとにつく形で校庭を横切る。ゴールポストのまえまで来ても、初音は歩調を速めることもゆるめることもしない。背筋をのばし、まえだけを見据え、昇降口を指してまっすぐ進む。

一度、初音が下駄箱《げたばこ》から取りだした上履きに、黒々とした土が入れられていたことがあった。初音は表情筋を動かさぬまま、上履きを簀の子《すこ》に打ちつけて土を払い落とした。汚れた上履きに、初音は毅然《きぜん》と足をつっこんだ。初音がだれもいない階段を上がっていくのを、昇降口のガラスのドア越しに私は見ていた。

そろそろ限界かもしれないなと、あくまで他人事《ひとごと》として思った。バスで見かける初音の顔色は、日を追うごとに悪くなっていった。もとから小さかった顔はますます頬の肉が削《そ》げ、紙よりも薄くなめらかな皮膚は血管の青さを映した。意志の強そうな目の輝きだけが変わらなかった。

はじめて初音としゃべったのは、先輩がいなくなってほぼ一カ月後、制服のブラウスを長袖《ながそで》に替えた日だ。

初音はその日、バスから降りなかった。乗りあわせた生徒がみんな降り、車内にいるのが私だけになっても、初音はポールを握ったまま立っていた。それが、どこかべつの場所へ導く道しるべでもあるかのように。少し迷ったけれど、私もバスを降りずにいた。一人にしてはいけない、と咄嗟《とっさ》に思った。なぜ、そんなふうに思ったのかわからない。初音をうらやみ、初音がいなければと考えたことすらあったのに。

運転手は戸惑った様子だったが、黙ってバスを発車させた。山道をさらに上り、バスは終点の「緑山墓苑」の停留所に着いた。

初音は振り返りもせず、墓地へ入っていった。雛壇《ひなだん》状になった斜面に、朝の光を受けた無数の墓石が並んでいる。階段に敷かれた砂利のあいだから、ところどころ草が生えている。もうずいぶん涼しくなった空気のなかで、蟬が一匹だけ鳴いていた。応えるものはいないと知っているみたいに、なんだか悲痛な声だった。

階段を上りきった山頂には、東屋《あずまや》があった。石のベンチが設《しつら》えられている。墓参りに来たひとのための休憩所だろう。ためらったけれど、私があとからついてきていることに、気づいていないはずがない。開き直って、初音の隣に腰かけた。ひんやりした硬い感触が、スカートを通してお尻《しり》に伝わった。

「いいでしょ、ここ」

と初音は言った。

木立の合間から、麓の町が一望できる。学校も駅も線路も。初音の家は、先輩の住んでいた家は、どこなんだろうと思ったが、自分の家すら見分けることはできなかった。遠い町並みは、ごちゃごちゃしたおもちゃ箱の中身のよう。道は単なる灰色の線、建物の窓ガラスは光る魚の鱗《うろこ》のよう。ネジを巻いて動かしているのだと言われたら、信じてしまいそうだ。生きた人間は私たち二人だけみたいに感じられた。

「うん」

「よく一緒に来る場所なんだ」

「そう」

「いつもあのバスに乗ってんの？」

「まあね。毎日、文庫を読んでた。小説が多かったかな」

お互いに、だれの話をしているかは言わなかった。しばらく黙って座っていた。空の高いところを、風に乗って鳶《とび》が舞っていた。

「ずっと好きだった」

と私は言った。こらえきれなかった。聞いてほしかった。伝えたくてたまらなかった思いだった。

「そうじゃないかなと思った」

と初音は言った。それから、唇を嚙《か》んでうつむいた。肩が震えていた。スカートの裾《すそ》から出た初音の白い膝に、透明の滴《しずく》がいくつも落ちた。

どうして、と初音は言った。小さな声で何度も、うめくように。蟬はいつのまにか鳴きやんでいた。私はたまらなくなって、初音の薄い背中を掻《か》き抱くように撫《な》でた。どうして。答えがあるなら教えてほしい。知りたい。どうしてなのか。なぜこんなことになったのか。

「噂なんて、嘘ばっかり」

少し落ち着いてから、初音は顔を上げて言った。頰が涙で濡《ぬ》れていた。やっぱりきれいな子だ、と場違いなことを考えた。

「ねえ、亜利沙。手伝って。絶対にこのままでは終わらせない。尚吾《しょうご》がなんで死ななきゃいけなかったのか、突きとめる」

初音に名前を呼ばれるのは気恥ずかしかった。地味な私には似合わない名前だと感じていたから。はじめて言葉を交わしたばかりなのに、もう下の名で呼びかけてくる初音に対して、戸惑いもあった。私たちはそんなに親しくなかったじゃないか。あんたは私を馬鹿《ばか》にしていたじゃないか。そう言いたい気がした。

でも結局、火のように熱い初音の怒りと哀《かな》しみに気圧《けお》され、私はうなずいていたのだった。

バスでも教室でも、初音と私のあいだに会話はなかった。目も合わせなかった。放課後の学校の屋上や、早朝の墓地の東屋。まわりにだれもいない場所でだけ、私たちは饒舌《じょうぜつ》になった。秘密を共有し、秘密を暴《あば》こうとする興奮が、私たちを結びつけていた。

「成績に悩んでたっていうのは？」

「そんなの聞いたことない」

私が尋ね、初音が答える。私たちは噂をひとつずつ検証していった。

屋上からは、校庭がよく見えた。先輩が燃えあがった場所が。うえから見るとそこだけ、地面にうっすらと黒い影が残っていた。まだ発見されていない島みたいに。運動部員が、下校する生徒が、先輩の成分をいくらかは吸っただろう土を踏んでいく。

私たちはフェンスにもたれて屋上に座り、校庭には背を向けて、冬へ近づく空を見ながら話しあった。

初音が紡《つむ》ぐ言葉のなかから、私が知らなかった先輩の姿が立ち現れる。

尚吾はちょっとおかしいぐらい、勉強ができる。英単語も歴史の年号も、一度見れば覚えられる。あとは自宅で参考書の応用問題を解けば、もうだいたいのコツがつかめる。試験の内容がどんなものであれ、解法が頭のなかに自然に浮かびあがる。

実技じゃないかぎり、ほぼ無敵。先輩はそう言って笑ったのだそうだ。現に、夏休みに大手の予備校が行った全国模試でも、先輩は二番だった。先輩は結果を自慢するようなひとではない。初音が戯《たわむ》れに、先輩から順位表を奪い取ったのだ。

「びっくりした」

と初音は言った。「全国の受験生のなかで二番目に成績いいひとが、隣にいるんだから」

「頭のいいひとって、ほんとにいるんだねえ」

私は英単語なんて、どうやったって覚えられない。湯船にまで単語カードを持ちこんでも、無理やり作った語呂《ごろ》を唱えても、体に染みこませるといいと聞いたから部屋で踊りながら中空にアルファベットを綴《つづ》っても駄目だ。英単語って覚えられないものなんだろうと、もう諦《あきら》めているぐらいだった。

「忘れられないんだって」

初音は少しさびしそうに笑った。「目で見て耳で聞いたものを、なかなか忘れない脳なんだって。だから私、尚吾といるときはちょっと緊張する」

「どうして？」

「だって、私が変なこと言って、尚吾を傷つけたとするでしょ。傷つけられてもふつうは、ほかのことで気が紛《まぎ》れたりして、細かい部分は忘れてしまう。だんだん、『まあいいか』って気になってく。けど、尚吾はちがう。忘れたいと思っても、覚えてる。傷も、傷の原因になった言葉も。それって怖くない？」

「うん、怖いかも」

朝のバスで、先輩はほとんど一度も文庫から目を上げなかった。あれは集中していたんじゃなく、余計なものを見聞きしないように、文字で書かれた虚構の世界に逃避していたのかもしれない。

「尚吾はそういうの、そういう弱音みたいなの、全然言わないけど。ちょっと喧嘩《けんか》して、『あー、やなこと言っちゃった』って私がへこんでると、『気をつかわなくていい』って尚吾は言う。『初音の言うことなんて右から左へ聞き流すから、思ったことを言っていいよ』って」

ありあまる記憶力を抱えて苦悩し、それでも彼女に優しく気を配る男子高校生。一角獣のような幻の生き物に思えた。

初音が先輩を美化しているか、先輩が初音には弱い部分を見せられなかったか、どっちかじゃないのか。初音が現在形で先輩を語ることに、しかもそれが惚気《のろけ》に聞こえることに、私はなんだか苛立《いらだ》ち、意地の悪い気持ちになった。

「先輩の親しい友だちとか、予備校とかで一緒だったひとにも、話を聞いてみようよ」

私が提案すると、不満そうに「なんで」と返された。

「初音には言えなかった悩みも、友だちには相談してるかもしれないし」

「尚吾はだれとでも仲いいけど、親しい友だちなんていない。予備校も、模試を受けるだけで、いつもは行ってない」

初音ははっきりと怒った顔になっていた。

「あんまりお金がなかったって噂、本当なの?」

「よく知んないけど、それは本当なんじゃない。尚吾が母親と住んでるのって、すんごい古いアパートだから」

初音の表情はくるくる変わる。今度はどことなく誇らしげだった。先輩の家へ行ったことがある、と強調したいのだろう。感じた悔しさを押し殺し、初音の機嫌を取るような声でねだった。

「アパートに行ってみたいな」

「なにしに」

「もしかしたら、日記やメモが残ってるかもしれない。先輩がなにを考えてたかわかる……」

「無駄じゃない？」

初音は私の言葉をさえぎった。「尚吾の母親、葬式のあとでこの町を出てったらしいよ。もうとっくに部屋は引き払ってるでしょ」

「出ていったって、男と？」

「さあ」

初音は笑った。「言ったでしょ、噂なんて嘘ばっかりだって。私が尚吾を振ったっていうのも、大嘘。別れようって言われたのは、私のほうだよ」

「そうなの？　いつ？」

初音と別れたからといって、先輩が私とつきあってくれるわけじゃない。だいいち、先輩はもうこの世の人間ではない。それなのに、声が弾むのを抑えきれなかった。

「お盆過ぎぐらいだったかな」

「なんで？」

「さあ」

と初音はまた言い、立ちあがった。高くそびえるフェンス越しに、校庭を見下ろしている。表情はうかがえなかった。冷たい風が吹いて、初音が羽織っている紺色のカーディガンの裾を煽《あお》った。飛び立てないと知っていて羽ばたく鳥のように見えた。

先輩の母親は、どんな気持ちで引っ越していったのだろう。そう考えだしてしまって、その晩はあまり眠れなかった。

死にかたが死にかただけに、先輩の葬儀はひっそりとしたものだったという。私は行かなかった。行きたかったけれど、行けなかった。遺影で微笑む先輩なんて見たくなかったし、教師たちもあまり生徒に参列してほしくなさそうな物言いだった。先輩の母親の意向だそうだ。結局、お葬式にいった生徒は、先輩のクラスの委員長と副委員長だけだったはずだ。それでも、「先輩のお母さん、ずっと泣いてたって」とか、「お棺は閉じたままだったって。そりゃそうだよねえ」とか、いろいろな囁きが伝わってきた。お葬式で初音を見たという話は聞かなかった。

そのときも変だと思ったのだが、初音は先輩に振られていたのだという。本当に？　だったらどうして先輩が死ななきゃならなかったのか、ますますわからなくなった。墓地で見せた初音の涙のわけも、なぜ初音が先輩の死の理由を知りたがるのかも。

もちろん、自分を振った直後に、元彼が謎《なぞ》の焼身自殺を遂げたら、だれだって動揺するし混乱するだろう。どうしてと思い、理由を探ろうとするものかもしれない。だけど、私に声をかけてきたのはなぜだ。先輩と同じバスに乗っていたから？　初音と同じように、私も先輩を好きだったから？　私となら哀しみをわけあえると感じたから？

寝不足の頭で、初音と一緒に終点までバスを乗り越した。東屋のベンチに並んで座る。風にさらされた墓石は、どれも白く乾いていた。

「先輩は私のこと知ってたかな」

思いきって尋ねた。でも声はあまりにも小さく、初音に届かなかったみたいだ。そう考えて半ば諦めたほど、初音は麓の町を見たまま長く黙っていた。

やがて、膝に置いた私の手に、初音の手が載せられた。ものすごく冷たい指先だった。

「そういえば尚吾、『朝のバスにいつも、たぶん初音と同じクラスの女の子が乗ってる』って言ってたよ。『そうなんだ、だれだろ』って聞いたら、『髪の長い、おとなしそうな子』だって。亜利沙のことなんだなあって、はじめてあのバスに乗ったとき思ったんだ」

うれしくて涙が出そうだった。先輩は、私のことを知っていた。私の存在にちゃんと気づいてくれていた。

先輩の死の謎を解き明かしたいと改めて思った。初音のために。私自身のために。

私があんまりせっついたからか、とうとう初音が根負けし、先輩の住んでいたアパートへ連れていってくれることになった。

下校時に別々のバスに乗って町まで下り、駅前の本屋で落ちあった。書棚のあいだの通路が二本しかない、個人経営の小さな本屋だ。狭苦しい店内を魚みたいに回遊していたら、あとから現れた初音が目で合図を寄越した。なにも買わずに本屋を出る。レジにいた店の主人ににらまれた。

踏切を渡り、線路の反対側にはじめて足を踏み入れた。私の家があるのは電車に乗って五分ほどの隣駅だから、私にとって高校の最寄《もよ》り駅は、バスと電車をつなぐ点にすぎなかった。駅前で寄り道することも稀《まれ》なぐらいで、駅向こうにどんな景色が広がっているのか、想像したこともなかった。

小さな町工場《まちこうば》と住宅が密集した町を歩いた。コンクリートで護岸された、細い川が流れていた。木造二階建ての古い住宅が、川べりに隙間《すきま》なく並ぶ。軒下に洗濯物を干している家が多い。金属を押しつぶすような重い音が、通りのあちこちで響いていた。ガレージかと思うほどこぢんまりとした工場の作業場で、おじさんがなにかを削っている。火花が散り、薬品のにおいが鼻の粘膜を刺激した。

全体として灰色が多い印象だった。夢に出てくる町みたいに、静けさが淀《よど》んで、すべての輪郭を曖昧《あいまい》にする。

五分ほど歩いたのち、初音は川沿いの道からはずれた。入り組んだ路地を、さらに十分は進んだだろうか。一人では帰れそうにないと不安になるころ、先輩が住んでいたアパートに着いた。一階と二階に、それぞれ三つずつドアがあった。赤く錆びついた外階段。築三十年は経《た》っていそうなアパートだった。

「あそこ」

初音が一階の端の部屋を指した。まだ新しい入居者はいないようで、ドアの郵便受けは粘着テープで塞《ふさ》がれていた。ドア横のプレートに、「立木」と書かれた厚紙が差しこまれたままになっていて、私は怖くなった。

ついこのあいだまで、先輩はここに住んでいた。でも、いまはもういない。どこにもいない。こんなにあっけないものなのか。先輩ですらこれほど簡単に、完璧《かんぺき》に存在しなくなるなら、私などどうなってしまうんだろう。こうやってだれかが住処《すみか》を見にくることとなんてないはずだ。存在しなくなったことにも、いや、存在していたことにすら、気づいてもらえないまま消えていくにちがいない。

ドアのまえにたたずむ私をよそに、初音は錆びた階段の下にしゃがんだ。地面に並んだ、水色の四角い蓋《ふた》を開けようとしているらしかった。

「なにしてるの?」

「ここまで来たのに、部屋のなかを見ずに帰るのは馬鹿みたいだから。ほら、あった」

初音は鈍《にぶ》い銀色の鍵《かぎ》をかざしてみせた。不動産屋が無精《ぶしょう》して、水道の元栓部分に隠したのだろう。

ドアの鍵を開け、私たちは空室に侵入した。カビのにおいと、わずかな下水のにおいが漂った。

玄関を上がってすぐが台所。板張りの床に、食卓の脚の跡が残っていた。台所の奥に四畳半。台所の右手には別の四畳半と、トイレとユニットバスに通じるらしきドアがあった。

間仕切りの戸はすべて開け放されていたので、二つの四畳半を見通すことができた。室内には、まだいくつか家具が残っていた。小さな簞笥《たんす》、中身がからの食器棚、ぶらさがった電気の笠《かさ》、もとは青かったらしい日に灼《や》けたカーテン。

「尚吾の部屋はこっち」

初音は右手の四畳半へ入っていった。「もうじき暗くなるから、急いで探さないと」

「探すって、なにを」

「メモとか日記とかに決まってるでしょ。亜利沙が言ったんじゃない」

初音は押入の襖《ふすま》を開け、四《よ》つん這《ば》いになって下の段に潜りこんだ。私は部屋の真ん中に突っ立っていた。探すといっても、先輩の部屋に残されているのはカーテンと電気の笠だけだ。「ほら、早く」と急《せ》かされてしかたなく、カーテンをめくってみたり笠を揺さぶってみたりした。オレンジ色をした夕方の光のなかで、埃《ほこり》が舞っただけだった。

先輩はここで、どんなふうに暮らしていたんだろう。ほかにすることもなく、空想してみようとした。でも、手がかりがあまりにも少ない。壁にも天井にも、ポスターを貼《は》った跡ひとつない。どんなアイドルやスポーツ選手が好きだったのかすら、知ることができない。

「あった」

と初音が言い、押入の上下を仕切る板から畳へ降り立った。長細くて白い封筒を手にしていた。初音は立ったまま封を開け、数枚の便箋《びんせん》を取りだした。黒のボールペンで、乱れのない文字が綴られているようだった。

「どこにあったの」

震える声で尋ねると、

「あそこに貼りつけてあった」

便箋に視線を当てたまま、初音は押入の天井板を指した。

「たしかに先輩の筆跡？」

「うん」

初音のそばに寄って、私も便箋を覗《のぞ》きこんだ。押入に遺書を貼るなんて妙だと思ったけれど、文面を目でたどるうちに、すぐに考えが変わった。先輩はきっと、母親に遺書を見つけられたら、なかったことにされてしまうとわかっていたんだ。息子の持ち物なんて、よくたしかめもせずに全部処分して、逃げだすように引っ越すにちがいない、と察していたのかもしれない。だから、見つかりにくい押入に遺書を残した。初音が、私が、私たちが、真実を探しにやってくると信じて。

明日、死ぬことにしました。突然のことに、もしかしたら驚き哀しむ人がいるかもしれない。ずいぶん前から決めていたから、哀しむ人がいないように、徐々に身辺を整理してきたつもりですが、迷惑をかけることを謝ります。

これは抗議の死です。木下《きのした》先生と僕の母が交際していることは知っていました。母が幸せそうだったから、僕は黙っていた。しかし、夏休みに入ってから母の様子がおかしくなった。聞けば、木下先生がべつの女性と結婚するという。母は、若いころに僕の父と離婚し、これまで苦労して僕を育ててくれました。「しかたがない」と母は言うけれど、僕は納得できない。「しかたがない」と言いながら、体調を崩し、僕に当たる母をなだめるのにも疲れました。

なんだかすべてがどうでもよくなった。いい年をして男に夢中になり、自分の都合で息子に当たりちらす母にも、嫌気が差しました。生まれたときからずっと嫌気が差していた。この暮らしのすべてにです。これからどんな未来が待ち受けていたとしても、僕の脳は忘れることを許さない。いまの屈辱も怒りも、永遠に過去にはならない。だったら脳ごと消し炭《ずみ》にするしかないでしょう。木下先生がどんな顔をするのか、見られないことだけが残念です。案外、平然としているかもしれない。そんなものだ。愛も恋も言葉も罪も、すぐに忘れて平然と生きる。僕には到底、真似《まね》できません。

立木尚吾

木下は日本史の教師で、先輩のクラスの担任だ。たぶん三十過ぎだろう。眼鏡をかけた地味な男で、でも優しくて授業もわかりやすいと、生徒から人気があるほうだった。

先輩の葬儀にも当然行ったはずで、いったいどんな顔をしていたんだろう。先輩の母親と視線で語りあったりしたんだろうか。悲嘆に暮れる肩を、さりげなく支えてあげたりしたんだろうか。厚顔無恥とはこのことだ。

学校では、木下が結婚するという話は聞いたことがなかった。授業をする木下の態度にも、変わったところは見受けられなかった。

私は先輩の遺書を、だれかに見せようと言った。校長でも親でも、大人ならだれでもいい。だけど初音は、どうせ握りつぶされてしまうからいやだと言った。私たちだけで裏を取り、私たちだけで木下を追いつめようと。そう言って、遺書を持ち帰ってしまった。文句は言えなかった。先輩が初音に別れを切りだしたのは、初音を哀しませないためだ。その事実が判明したのだから、先輩の遺書は初音のものだ。

木下に探りを入れるのは、私の役目になった。私は弁が立つほうじゃないし、機転も利《き》かない。無理だと言ったのだけれど、「お願い」と初音に押し切られた。

「私なんかこれまで、日直以外で職員室に行ったことないもん。それに、私が尚吾とつきあってることは、たぶん先生たちも知ってるでしょ？　そんな私が急に近づいていったら、木下はあやしむし警戒するよ。亜利沙のほうが絶対に向いてるから、大丈夫」

授業でわからなかったところを質問するふりで、私は木下に会いにいった。日本史なんて暗記科目だ。疑問点を見つけるのが難しい。それでもなんとか質問をひねりだし、木下に声をかけた。

職員室の居心地が悪いのだろうかと思うぐらい、木下はほとんどいつも、社会科準備室にいた。「お、日本史で受験することに決めたのか。がんばれよ」と、いつ行ってもにこやかに対応し、教科書や参考書を開いて丁寧に教えてくれた。

社会科準備室には学年を問わず、数人の女子生徒がたむろしていることが多かった。質問があるわけではないらしい。木下をからかっては、楽しそうに笑っている。木下も鷹揚《おうよう》に、「おまえら、邪魔するな。もう教室戻れ」などと言っている。私にはよくわからなかったけれど、平凡だが誠実そうな大人の男に見えるのかもしれない。そこに魅力を感じる女もいるのかもしれない。

何度も足を運び、ようやく社会科準備室に木下が一人でいる場面に出くわした。私は緊張し、旗本と御家人のちがいについて説明する木下のつむじを見ていた。

机に向かって座る木下が、

「わかったか?」

と言って、閉じた教科書を差しだした。

「あの」

と、私は思いきって言った。木下は視線を上げて私の顔を見た。その目には、笑いに似た余裕の色があった。もしかして、私が告白するとでも思っているのではないか。こいつ最近よく質問にくると思ったら、やっぱり俺のことが好きなのか。まいったな。そう思っているのではないか。

憤《いきどお》りで息が詰まりそうだった。木下をうぬぼれさせるような気配を少しでも醸《かも》しだしていたのかと思えば、屈辱で叫びそうになった。ゴールポストのまえの黒い染み、陰気で古いアパートを思い浮かべ、私は深呼吸した。

「あの、先生が結婚するって聞いたんですけど」

木下から表情が消えた。「なんだ、そんなことか」と拍子抜けしたためなのか、激しく動揺したためなのか、判別がつかなかった。

「だれに聞いた?」

「職員室に行ったとき、ちょっと」

「そうか」

木下は笑顔になった。「まだ、だれにも言わないでくれよ」

「おめでとうございます。結婚式はいつですか？」

「んー、十一月の半ばの予定」

「じゃあ、もうすぐですね」

教科書を受け取り、一礼して部屋を出た。

許せない。許せない。なんなの、あの男。私は階段を駆けあがり、屋上で待っていた初音を見たとたん、声を上げて泣いてしまった。

「十一月だって。木下のやつ、笑ってるんだよ。ひどくない？　先輩は死んじゃったのに！」

「どうしてやろうか」

私の髪を撫でながら、初音は歌うみたいに言った。「私ねえ、それで木下が自分のしたことを思い知るなら、死んでもいいかなと思ってるんだ。あんたは？」

十一月に入ってすぐの朝礼で、木下が結婚する、と教頭から報告があった。校庭で起きた拍手のなか、初音も私もむなしく立っていた。先輩の死んだ校庭で。

どうしたらいいのか、なにも方法を思いつかないうちに金曜日になった。週末は木下の結婚式だ。私は上《うわ》の空《そら》で、昼休みまえの英語の授業を受けた。初音はバスには乗っていたのだが、朝から授業をさぼっていた。どこへ行ったんだろう。今日じゅうになんとかしなきゃ、とあせったけれど、初音がいないのではどうしようもない。なんだか退屈な気持ちで、教師の声を聞き流していた。

ふいに、校庭が騒がしくなった。私は窓際の席だったから、なんの気なしに外へ視線をやった。体操着を着た一年生が、空を見上げてなにか言っている。虹《にじ》でも出たのだろうか。室内に視線を戻そうとしたが、体育教師までうえを見ている。

空じゃない、屋上を見てるんだ。

そう気づくと同時に、窓ガラス越しに体育教師の声がかすかに聞こえた。

「楢崎、やめなさい！」

職員室から校庭に、わらわらと教師たちが出てきた。私は勢いよく立ちあがり、驚く英語教師のまえを横切って廊下に飛びでた。そのころには、あちこちの教室からざわめきが広がっていた。階段を二段抜かしで上がった。「来ないで。近づかないで」。拡声器を使っているらしい初音の声が、かすれた手触りで降ってくる。

屋上へ通じる戸口には、一番近くに教室のある三年生が押しかけていた。何人かの教師が、「教室へ戻りなさい」と怒鳴り、戸口に立ちはだかって生徒を鎮めようとしていた。私は強引にひとの隙間を抜け、戸口へ近づいた。

白い冬の光に満ちた屋上が見える。校庭を見下ろす形で、フェンスのうえに腰掛ける初音の背中が見える。

「初音！」

大声で呼んだ。「初音、私も行く！」

教師に押し戻されそうになり、必死でもがいた。初音が振り向き、微笑んだ。

「亜利沙を通して。でなきゃ飛び下りる」

だれもいない屋上を横切り、私はフェンスの下に立った。

「見て、いい景色」

初音は体をひねり、私に向かって左手を差しだした。右手には、体育倉庫から持ちだしたのだろう拡声器を持っている。なんの支えもなくなった初音の姿に、校庭からも屋上の戸口からも悲鳴が上がった。

「揺れるから、つかまってて」

と私は言い、初音の左手がフェンスの上部に戻ったのをたしかめてから、金網に取りついた。初音と同じように、フェンスに腰掛ける。校舎は四階建てで、フェンスの外側には、屋上の床面からせりだしたコンクリート部分があるだけだ。校庭がひどく遠い。でも、不思議と恐怖は感じなかった。

風が強い。冷たい空気が、薄青い空に浮かぶ雲の形を変えていく。

校庭からこちらを見上げる一群のなかに、木下の強張《こわば》った顔もあった。そうだ、おまえにはわかるだろう。私たちがなにをしようとしているか。

私は笑った。隣で初音も笑っていた。私の右手と初音の左手が、フェンスのうえで重ねあわされた。いつかとちがって、初音の手はあたたかかった。こんなに寒い場所にいるのに、とおかしかった。

「このなかに、卑怯《ひきょう》な行いをしたものがいる」

初音は拡声器を通して言った。「裏切りの罪を犯したものがいる」

初音も私も、木下を見ていた。木下は身動きひとつしない。一点を見据える私たちに気づき、校庭の生徒は視線のさきを探そうとする。「もしかして」「まさか」と囁きがさざ波のように広がり、自然と木下の周囲に空白の円ができた。

「名乗らないのなら、私たちは飛び下りる」

それでも木下は動かない。拡声器を下ろし、初音が私を見た。私も決意をこめて初音を見た。私たちはフェンスを伝い下り、外側のコンクリート部分に立った。幅は五十センチほどしかない。悲鳴が高まる。後ろ手に金網をつかみ、体勢を安定させる。

サイレンの音が丘を上ってきて、校庭にパトカーとハシゴ車が現れた。教頭が走っていって出迎える。やっとマイクが運ばれてきて、

「きみたち」

と校長が呼びかけ、

「黙れ」

と初音に一喝《いっかつ》されて口をつぐむ。思わずといったように、生徒のあいだから笑いが漏《も》れる。

「忘れたとは言わせない」

初音は左腕をしなやかにのばし、ゴールポストのまえを指した。校庭の視線がいっせいにその場所へ向けられ、また戻ってくる。生徒の目はどれも、期待と好奇心と真実を覆《おお》い隠してつづく日常への抑えがたい怒りに光っている。

高まり膨れる空気に押しだされ、屋上の戸口から中年の数学教師が近づいてきた。

「話ならなかで聞こう」と猫撫で声だ。私は金網から手を離し、コンクリートの縁《ふち》ぎりぎりまで歩を進めた。初音は中空に突きだした片足から、上履きを振り落とした。

校庭からどよめきが起こり、数学教師は屋上の真ん中で前進をやめる。

「十数える。名乗るか、知らん顔をして私たち二人の命が消えるのを見届けるか、ど

ちらかだ」

初音が再び両足で立ってくれたので、私は少し安心した。ここから飛び下りれば、痛みを感じる間もなく死ねるはずだ。でも万が一、全身を骨折して生きのびでもしたらどうしよう。死んでも生きても、「馬鹿なことをして」と親は怒り哀しむだろう。ごめんね。だけど私は一人じゃない。初音と一緒だ。焼け死んで、死んだあとにも大人たちから無視され裏切られつづけている先輩のために、私たちは死ぬ。もう決して忘れさせないために。忘れたふりをさせないために。

初音と手をつないだ。高揚が稲妻のように体の芯《しん》を貫き、私たちは輝く二本の柱となった。膝に力が入った。カウントは五を過ぎ、震える足を踏みしめて重心をまえに移動させた。目を閉じ顔を背ける生徒も、惚《ほう》けたように口を開ける生徒も、興奮して携帯で写真を撮ったりだれかとしゃべったりする生徒もいる。背後から「やめるんだ」とわめく声がするが、振り返らない。

「八」

と初音が言った。つないだ掌《てのひら》に、どちらのものかわからない汗がにじんだ。

九と言うために初音が息を吸いこんだとき、木下が校庭に膝をついた。ついで、のろのろと身をかがめ、両手を地面に押し当てる。木下は屋上に向かって土下座した。

一瞬の静寂ののち、学校は歓声とも怒号ともつかぬ音であふれた。生徒に取り囲まれた木下を、数人の教師があわてて職員室へ連れ去っていった。

私たちは眼下の騒動を眺めながら、風を受けて立っていた。

先輩が自殺したのは、どうやら木下のせいらしい。木下と先輩のお母さんとのあいだに、なにかあったらしい。そんな噂がどこからともなく流れてきて、だんだん気づいた。

もしかして私は、初音にだまされたのではないか。

まさか、と疑いを打ち消そうとした。でも、初音は私と目を合わせない。墓地の東屋で待っても現れない。私とは二度としゃべりたくないらしかった。

友だちは、「なんだったの、あれ」「なんであんたまで、楢崎につきあって屋上へ行ったのさ。べつに仲良くないでしょ」と事情を知りたがったけれど、私は笑ってやりすごした。親にも教師にもこっぴどく叱《しか》られ、問いつめられたが、なにも説明しなかった。

木下は翌年の春、べつの県立高校へ異動した。あらかじめ決まっていたことなのか、騒動が原因なのか、わからない。結婚式は予定どおり執り行われたそうだ。

私はだれにも、一言も漏らさなかったのに、初音は彼氏の仇《かたき》を取った勇敢な悲劇のヒロインになった。初音はもう、六時五十五分のバスに乗らない。化粧おばけの輪のなかで、うつくしく静かに微笑んでいた。

もとの生活に戻ったのだ。

地味派の私は使い捨ての、都合のいい共犯者役を割り振られていたということか。混乱し、腹が立った。初音は嘘つきだ。卑怯者は初音だ。先輩が私を知っていたというのも、どうせあんたのでまかせなんでしょう。でも、初音を問いただす勇気はなかった。私の怒りを、いったいだれが聞いてくれるだろう。私の訴えに、いったいだれが慰《なぐさ》めを返してくれるだろう。うつくしい初音と、凡庸な私。罪を告発した初音と、初音の隣に立っていたことすら忘れ去られている私。

私はただ黙って、恐ろしい疑念を何度も何度もなぞるしかなかった。

先輩の遺書が、初音のでっちあげだとしたら？

木下とつきあっていたのは先輩の母親ではなく、初音だったのではないか。根拠はなにもない。でも、先輩の遺書が本物だったという確証もない。私は先輩の筆跡を知らなかった。遺書は男の文字だったと思うけれど、初音がだれかに書かせた可能性だってある。初音なら、簡単に言うことを聞いてくれる男友だちがいくらでもいたはずだ。

木下ともつきあっていた初音は、先輩に別れを切りだす。先輩は絶望し、新学期がはじまる前日に灯油をかぶる。ゴールポストは、職員室の木下の席の正面だ。木下はあの日、出勤していたのかもしれない。燃えあがる先輩を目撃し、消火器を持って駆けつけたのは木下かもしれない。あくまで想像だ。でも、木下が毎日、社会科準備室にばかりいたのはたしかだ。先輩の死んだ場所が視界に入るのを、なんとか避けようとするみたいに。

初音ももちろん、先輩の死にショックを受けただろう。だから、先輩が乗っていたバスに乗るようになった。先輩を偲《しの》ぶつもりで。

でも、私に声をかけたのは、木下からべつの女と結婚すると打ち明けられたのがきっかけだ。先輩が死んで以降、噂の渦中《かちゅう》にあった初音は、自分を振った木下に責任をかぶせてやろうと思いつく。そのためには、共犯者が必要だ。初音にはなんの落ち度もなく、先輩は木下のせいで死んだのだと証言してくれる、都合のいい共犯者が。

そう考えると、辻褄《つじつま》が合う。初音が急に親しげに、「亜利沙」と私を呼んだこと。押入の天井に遺書があったこと。あのアパート自体、本当に先輩の家だったのかどうか疑わしい。

初音の唯一《ゆいいつ》の誤算は、私が騒動について口を閉ざしたことだ。初音への友情ゆえに。おかげで初音は、自分で噂を振りまくしかなかった。噂を使ってさりげなく、自分で自分を悲劇のヒロインに仕立てあげた。騒動の真相を教えてほしがる化粧おばけに向かって、初音はわざとらしい憂《うれ》い顔《がお》をしてみせたことだろう。

私は嗤《わら》った。嗤ってすぐ、むなしくなった。

ここへ至っても私はまだ、心のどこかで初音を信じている。

初音の涙は嘘ではなかった。震える背中も、現在形で先輩を語る言葉も、重ねた手のぬくもりも、初音の怒りと哀しみのすべてが本当だった。そう思う気持ちを抑えられない。どうしようもなくあふれてくる。

初音と屋上に立ったとき、ひとの心のすべてを知り得た気がした。死を盾《たて》にしたあの瞬間だけは、だれかをねじ伏せることも許すことも、私たち二人の思うがままだった。

まるで神のように、私たちはひとの感情と思考を読み、力を振るった。

でも結局、つかんだはずの真実は消え、先輩がなぜ死を選んだのか、私にはわからないままだ。初音がなにを思っていたのか、私自身がなにを欲していたのかすら、答えが出ない。

私はこれまでと同じように、これからも生きるだろう。目立たず、だれかに特別に求められることもなく、謎も秘密もなにひとつとして解き明かせぬまま、淡々と生きるしかないだろう。

だけどその出来事は、たしかに私たちのなかに浸みこんでいったのだ。薄紫の空に閃光が走り、遅れてかすかな雷鳴が響くように。湖の真ん中にできた銀色の波紋が、広がってやがては岸辺に届くように。

それはゆっくりと押し寄せ、私たちの心を削り取っていった。いや、研磨し、新たな形に生まれ変わらせたのかもしれない。刀や宝石が、そうして長い年月を持ちこたえるのと同じく。

たぶん何十年経とうとも、炎は赤く暗闇《くらやみ》を照らす。忘れることを許さずに。

星くずドライブ

まったく迂闊《うかつ》ではあるが、僕は香那《かな》が死んでしまったことにしばらく気づかなかった。

香那が部屋にやってきたのは、日付も変わろうとするころだった。外階段を上る気配がしたので、僕は課題のレポートを書くのを中断し、アパートのドアを開けた。

「遅かったな」

「ごめーん。こんな時間なのに、なんかスーパー混んでてさ。バイトくんが新人みたいで、レジも長蛇《ちょうだ》の列。けっこう手間取っちゃった」

香那は蒸し暑い空気とともに、玄関に入ってきた。香那の背後で青白い光を放つ外灯に、羽虫がたくさん集まっていた。香那は笑顔だ。髪から甘いにおいがする。ノースリーブの紺色のワンピースを着て、素足にミュールをつっかけている。手にはなにも持っていない。

「それで、買ったもんはどうしたの」

香那は一瞬だけ自分の両手を見下ろし、また笑顔を僕に向けた。

「あんまり時間がかかるから、結局買わないまま来た」

「ばかだなあ。買おうとしてたものは？　いちいち棚に戻したのか」

「うん」

「そっちのほうが時間かかるだろ」

まあいいや、入れよ。香那をうながし、僕は台所に立って冷蔵庫を覗《のぞ》いた。ドアの閉まる音がし、香那は台所を通り抜けて奥の六畳間に座ったようだった。

「あー、涼しい」

「残りものでチャーハンぐらいなら作れるよ。食う？」

「どうしようかな。英《えい》ちゃんは？」

「とっくに食った。十時って言ってたのに、おまえ、来るの遅いんだもん。バイト長引いたんだな」

「うーん、まあね」

僕はしなびかけたネギと半分だけ残ったニンジンを洗い、細かく刻んだ。

「なに作ってくれるの」

「だから、チャーハンだよ」

そう答えて振り返ると、香那は期待に満ちた目で腰を浮かしかけている。「座ってろって。賞味期限、気にする?」

「気にしない」

「ぎりぎりセーフだから」

新たに冷蔵庫から取りだしたハムを見せ、僕は笑った。それも細かく刻み、フライパンでまずは具材を軽く炒《いた》める。

僕は疑っていた。香那はバイト先の店長と浮気しているのではないか。残業を頼まれるとかで、レンタルビデオ屋でバイトがある日は、僕の部屋に来るのがたいてい遅くなる。二人で過ごしているときも、店長から香那の携帯にしばしば電話がかかってくる。放っておけと言っても、香那は電話に出て、「その日ならあいてますよ」などとシフトの相談に応じる。本当にシフトの相談なのかどうか、あやしいものだ。

「何度もケータイ鳴らしたんだぞ。せめて留守電にしとけよ」

「うっそ。あれー、今日ケータイ、家に置いてきちゃったみたい」

フライパンに割り入れて炒めた卵が、半熟まで固まってきたのを確認し、炊飯器に残っていた飯を投じる。粉末タイプの中華スープの素《もと》を振りかけ、塩胡椒《こしょう》で味を調《ととの》えた。

「そういうときは、公衆電話からでいいから連絡して。店からここまでけっこう暗いんだし、迎えにいくっていつも言ってるだろ」

「公衆電話なんて、いまどきないよ」

「じゃ、店の電話借りろよ」

「わかった、今度はそうする」

香那は僕の束縛を嫌う。そのときも不満そうだったが、僕がローテーブルにチャーハンの皿を置くと、笑顔に戻った。

「おいしそう。いただきまーす」

「はい、どうぞ」

僕は窓際《まどぎわ》にある机に向かい、ノートパソコンの画面を眺めた。チャーハンを作っているあいだに日付を越えたから、すでにレポートの提出期限当日だ。先行の研究論文にはできるだけ目を通し、教科書の該当箇所も熟読して、僕は自分の実験データについて考えをめぐらせてきた。あとは文章にまとめるだけだ。でも、これがなかなか億劫《おっくう》だ。データをわかりやすく表にしたり、筋道を立てて口頭で考察を説明したりはできるのだが、書くのは根っから苦手だった。途切れがちにキーボードを叩《たた》く。

「そういえば香那は明日、もう今日か。試験あんの」

「あるよ。一限から」

「じゃあ一緒に出よう。俺は試験は二限からなんだけど、朝イチで教務課にレポート提出しないといけないから」

「まにあいそう？」

「たぶん」

のびをするついでに香那を見た。香那はチャーハンにまったく手をつけていなかった。湯気も消え、皿のなかの飯粒は固まってしまっている。

「どうしたんだ。食わないの」

「うーん」

「具合でも悪いのか」

「ううん」

香那は困ったような顔をした。「こんな夜に食べると太っちゃうかなと思って」だったら作っているときに、「いらない」とはっきり言えばいい。僕はそう思ったけれど、我慢した。そんなことを言ったら、香那はきっと、「言うまえに英ちゃんが作りはじめたんじゃない」と返してくる。喧嘩《けんか》になるのは避けたかった。チャーハンを作ったのは、恩を着せるというほどおおげさなものではないが、「こんなに香那に尽くしている」とアピールしたい気持ちから出た行為だった。

「じゃあ、ラップかけて冷蔵庫にしまっといて。俺のほうはまだ少しかかるから、シャワー浴びてさきに寝ていいよ」

「うん。ごめんね、英ちゃん」

レポートのつづきに取りかかろうとしたのだが、背後の香那が気になってたまらない。香那は動こうとせず、チャーハンをまえに座ったままだ。なんなんだよ、もう。苛立《いらだ》った僕は椅子《いす》から立ち、皿を取って台所へ下げた。動作が多少乱暴になったのは、しかたのないことだろう。

もしかしたら香那は、別れ話をしようとしているのかもしれない。それなら早く切りだせよ、とも思ったし、そうじゃないといいのに、とも願った。事態が動くのが怖くて、結局僕はなんでもないふうを装《よそお》った。視線も言葉も投げずに香那のまえを素通りし、パソコンに向かってレポートを書くふりをした。ふりは次第に本格的な没頭を呼び、しまいには香那のことをほとんど忘れてレポートに集中した。

やっと文章の形が整い、プリントアウトしたときには深夜三時を過ぎていた。もらっておいた表紙をホチキスでとめる。試験科目のノートや教科書と一緒に鞄《かばん》に入れ、準備は済んだ。

香那はローテーブルの下に脚をのばし、畳に横たわって眠ってしまっていた。風呂《ふろ》にも入っていないし、パジャマに着替えてもいない。揺り起こそうかと思ったが、あんまりよく寝ているからやめておいた。押入からタオルケットを出し、香那にかける。わずかに触れた香那の肩のあたりは、露出した肌がひんやりしていた。

僕はエアコンの設定温度を上げ、ベッドに潜りこんだ。


朝になっても、香那はなにも食べなかった。「夏バテしたのかなあ」と言っていた。僕は心配しながら、シャワーを浴びて手早く身仕度した。ゆるめにとはいえ、エアコンをつけっぱなしにしたのがよくなかったのかもしれない。香那はバイト先のレンタルビデオ屋でも、ずっと冷房にさらされているのだし。

「レンタルビデオ屋」という単語が浮かんだとたん、心配が消えて腹立ちが湧《わ》いた。香那は以前から低血圧で、僕がせっかく朝ご飯を作っても食べないことが多い。どうせ、昼には食欲不振も忘れて学食に行くんだろうから、放っておけばいいと思った。

香那はシャワーは使わず、洗面所で顔を洗っただけのようだった。さすがに汗くさいんじゃないかと、こっそり深めに息を吸いこんでみたが、やはり甘いにおいが感じられた。女の子とは不思議で便利な生き物だ。梅雨も明けかけた七月。僕だったら到底外に出られない汗くささになるところなのに。

大学へは車で通学している。このあたりではふつうのことで、学生はたいがい中古車を持っている。学園都市という言葉の響きはいいが、要は土地ならばいくらでもある田舎に、大学と研究施設が点在しているだけのことだ。大学は駅から遠い。そのうえ敷地が広大なものだから、門をくぐっても目当ての学部になかなかたどりつかない。それで、ほとんどの学生が車か自転車で通学しているのだった。大学側から車の乗り入れを特に禁止されることもない。駐車場も駐輪場も広大だ。本当に、土地ならばあきれるほどいくらでもあるのだ。

僕の愛車は親の金で買った中古のマーチだ。色はアプリコットで、丸いフォルムもちょっとかわいすぎると思ったけれど、走行距離のわりに手頃な価格だったので決めた。乗ってしまえば、車の色も形も僕からは見えない。

香那は僕の車を気に入っている。僕のアパートも香那の住むアパートも、駅と大学のほぼ中間にある。けれど香那は、僕の部屋で半同棲《はんどうせい》生活を送っていた。香那は車を持っていないから、僕と暮らしたほうが通学に便利だということもあるだろう。僕たちが通う大学の学生の、同棲率は半端《はんぱ》ではなかった。恋愛や同棲でもしなければ、退屈な学園都市ではほかにすることがない。街には泌尿器科《ひにょうき》と産婦人科が林立している。この街の性病罹患《りかん》率と中絶率の高さは、僕のように医学部に通うものにとっては、改めて噂《うわさ》するまでもなく耳に入ってくる事実だった。

香那を助手席に乗せ、十分ほどマーチを走らせて大学に着いた。まずは香那を文学部の校舎まで送り届ける。僕はいつもどおり木陰に車を停め、車体をまわって助手席のドアを開けてやった。たいがい、香那が助手席でもたもたと鞄を持ったり羽織っていたカーディガンを脱いだりするからだが、そういえば今日は手ぶらだ。

「試験なのに、筆記用具もないじゃないか」

「いいのいいの、友だちに借りるから。ありがと、英ちゃん。昼休みに、そっちに行くね」

「自転車はあんのか」

「学校に置きっぱ」

助手席から降り立った香那は、「あとでね」と手を振って校舎のほうへ歩いていった。

僕は再びマーチに乗り、敷地の一番奥にある医学部の校舎へ向かった。

レポートを提出し、二限の解剖学の試験を受ける。付け焼き刃だったにしては、まあまあの手応《てごた》えだ。あわただしくて朝は僕もなにも食べなかったから、腹が減っていた。校舎を出て、主に医学部と理工学部の学生が使う学食へと歩いていたら、いつのまにか香那が隣を同じように歩いている。

「早かったな」

「うん。自転車、激漕《げきこ》ぎしたよ」

そう言うわりには、汗ひとつかいていない。

学食のある建物に入ろうとしたところで、

「佐々木《ささき》くーん」

と呼び止められた。同じサークルで、香那とも仲のいい文学部の下條《しもじょう》さんだ。下條さんは僕たちの目のまえで自転車から降り、呼吸を整えた。

「よかった、見つかって。電話したんだけど、留守電になっちゃうから」

「ああ、ごめん」

僕はポケットから携帯を出した。「試験中は電源切ってたから。なんか急ぎの用？」

「香那知らない？」

「は？」

僕は下條さんの顔と隣に立つ香那の顔とを見比べた。香那は無表情だった。

「あの子、明日試験だってのに、文学史のノートを返してくんないのよ。昨日から電話してんのにちっとも出ないし、今日も大学来てないみたいだし」

「香那なら、ここにいるだろ」

僕が隣を指すと、今度は下條さんが「は？」と言った。僕の顔と隣に立つ香那の顔とを見比べ、

「冗談言ってる場合じゃないんだってば」

と憤《いきどお》る。僕も冗談を言っているつもりはないが、下條さんも冗談を言っているようには見えない。

もしかして、と思った。日射《ひざ》しは照りつけるのに、自分の顔から血の気が引くのがわかった。

「香那に会ったら伝えとく」

僕は下條さんに言い、「ちょっと」と香那の腕をつかんだ。いや、つかもうとした。冷たいゼリーをつぶすみたいに、僕の指は香那の体を突き抜け、中空で拳《こぶし》を握る形になった。下條さんが怪訝《けげん》そうに僕を見ている。僕は急いで手を下ろし、とにかくその場を離れるべく歩きだした。香那がついてくる。

「絶対に伝えてよ」

下條さんが背後から念押しした。

ひとけのない建物の裏手まで行くのが精一杯だった。僕は貧血のようにめまいがし、コンクリートの外階段に腰を下ろした。香那も遠慮がちに、僕の隣に座った。

「まさかと思うんだけど、おまえ、死んだのか」

僕が問うと、香那は首をかしげた。

「うーん、自分でもよくわかんない。けど、そうみたい」

「いつ!」

「昨夜、かな。あんまり覚えてない」

「俺の家に来たときには、もう死んでたんだな?」

「たぶん」

頭がおかしくなりそうな会話だ。すでにおかしくなっているのかもしれない。

僕は子どものころから霊が見えた。実体とほとんど変わらない質感を持って、そいつらは僕の視界に現れた。

実家の近所の四《よ》つ辻《つじ》にはいつもおばあさんが立っていたし、遠足で行った城址《じょうし》公園では侍が池の鯉《こい》にお麩《ふ》をやっていた。鯉はお麩にも侍にも気づいていなかったが。獣の皮を着て歩く縄文人らしきものも見かけたことがあるし、ひとばかりでなく犬も猫も鳥も見た。実家の物干し台からは、僕だけに見える楠《くすのき》の大木が突きでていた。中学の生物の時間に、プレパラートのミジンコを顕微鏡で観察した。同級生はみんな、一匹しかミジンコをスケッチしなかったのに、僕は二匹描いた。たぶん、ガラスで圧死したばかりのミジンコの霊が、二重写しになっていたんだろう。

僕の両親は医者で、僕は幼いころに言い含められていた。それは気のせいだ、と。僕も気のせいだと思っていた。あらゆる生命に霊魂があり、生前のままの姿を取ってこの世に残るのだとしたら、世界は死んだひとや動物や植物であふれてしまう。僕が目にする霊の霊口密度は、これまでに地球で死んでいった命の数を考えればあまりにも低いものだった。だから気のせいだと思ったし、他人には霊が見えるなどと言ったことはない。両親も、僕が幼いころに霊が見えると言ったことは、もう忘れてしまっているだろう。

ところが、どうやら香那は死んだらしく、しかもいま僕の隣にありありと存在する。もう一度、念のため手に触れてみたが、冷たい感触とともに僕の手は香那を透過してしまった。

前日の昼まで会っていた彼女の霊を、彼女が死んだとも知らずに見る。これを気のせいにするのは、論理的にも時系列的にも変だ。やはり、僕には霊を見る力が備わっており、香那は霊になったのだと考えるのが自然だ。突拍子がなくて、まがりなりにも医学を志す僕の常識に照らしあわせても、なんとも受け入れがたい「自然」だが、見えるのだからしかたがない。

「どういうことなのかな」

僕はなんとか混乱を鎮《しず》めようと努力した。「香那、本当に死んじゃったのか」

「実感はないんだけどね」

「霊の世界っていうのは、どういう仕組みなんだろう。この世に未練があると、姿が残るとか」

「未練ねえ。まあ、未練はあるよ。まだ若いんだし、死にたくない。もう死んじゃったらしいけど、死ぬなんて思ってなかったし」

「どうして死んだんだ」

「わかんない。ただ、英ちゃんに会いたいなあって思ったのは覚えてる。そしたら、英ちゃんのアパートのまえに立ってた」

じゃあ、香那の未練は僕じゃないか。愛《いと》しくてたまらなくなり、ゼリー状物体と化した香那を抱きしめた。つぶさないように気をつけ、そっと腕をまわす。

「成仏《じょうぶつ》できそうか」

「なんかこう、光の道がのびてるとか、死んだおばあちゃんが手招いてるとか、仲間の霊が呼びかけてくるとか、ないか」

「なんにも。おばあちゃん、二人とも生きてるし。生きてたときと同じものしか見えない」

「困ったな」

「無理っぽい」

「うん」

とりあえず、試験を受けないわけにいかないので、僕は医学部の校舎に戻った。試験中、腹が鳴りっぱなしだった。香那はもう僕のまえで生きているふりをしなくていいので、教壇の隅で体育座りをしていた。たまに僕の机まで歩いてきて、「カンニングしほうだいだよ」とそそのかしたが、手を振って断った。隣の席の男が動きに気づき、うるさそうに僕をちらっと見た。

香那を車に乗せて僕のアパートへ帰り、そこからレンタルビデオ屋への道を歩いてみることにした。

「昨夜のことを思い出せよ。何時ごろ店を出たんだ」

「十一時ごろだったかなあ。仕事が終わってから、三十分ぐらい店長と話したから」

「なにを」

「なにって、シフトのこととか、いろいろだよ」

街路樹で蟬《せみ》が鳴いている。土から這《は》いでたばかりなのか、まだ寝ぼけたような声だ。白茶けたアスファルトの道を、たまに車が通りすぎる。僕たちは並んで歩道を歩いた。道に落ちた影は僕のぶんしかなかった。

「それから、スーパーに寄ったんだよな」

「そう。昨日は英ちゃんにああ言ったけど、ほんとは肉とか野菜とかちゃんと買ったんだよ、たしか。二袋あったのに、どこに落としちゃったんだろう」

香那はさきに立って、脇道《わきみち》にそれた。スーパーから僕のアパートへの近道だが、歩道もない細い道路だ。片側は雑木林で、夜になると人通りも少なくとても暗い。

「ここは通るなって、いつも言ってるだろ」

「だって、早く英ちゃんち行かなきゃってあせってたんだもん」

僕は道の端に、かすかな血痕《けっこん》とブレーキの跡を発見した。

「もしかして、車に轢《ひ》かれたんじゃないか」

「そんな気もしてきた。でも、私の死体はどこ行っちゃったの。買い物した袋も、ケータイも」

「家に忘れたって言ったのは？」

「嘘《うそ》だよ。なんか死んだみたいだなあとは思ってたんだけど、幽霊だってばれて英ちゃんに追いだされたら哀《かな》しいじゃん。だから嘘ついたの」

僕は合《あ》い鍵《かぎ》を持っている。香那のアパートへ行った。アパートの駐輪場には、見慣れた自転車が停めてあった。学校に置きっぱ、というのも嘘だったらしい。

本人が横にいるのに、合い鍵を使うのは妙な気分だった。室内には熱気がこもっていた。

「カーテンもせずに、窓辺にパンツ干すのよせよ」

「しょうがないでしょ。英ちゃんが来るなんて予想外だもん」

「そうじゃなくて、防犯上よくないって言ってんの」

霊になってしまった香那に、いまさら防犯を説くのもおかしな話だと思った。ざっと探したが、やはり携帯はどこにもなかった。香那に言われ、下條さんの文学史のノートを手に部屋を出る。

レンタルビデオ屋の店長は、二十代後半らしきちゃらい感じの男だった。香那が昨夜から帰らないと言うと、驚いた様子だ。

「香那ちゃんなら、十一時には店を出ましたけど。あなたは？」

「香那の恋人です」

誇らしい思いで言ってやったが、「ああ、あんたが」と店長が馬鹿《ばか》にしたように返したので、とたんに気持ちが萎《しぼ》んだ。

「自分のアパートのほうに帰ったとか、友だちの家に行ったとかじゃないの」

ふざけんな、香那は霊になって俺の隣にいるんだよ。そう言ってやりたいところだが、こらえた。香那はなんだか居心地が悪そうだった。

香那にせっつかれ、僕は下條さんに電話した。スーパーのまえで待っていると、下條さんが自転車でやってきた。

「さっき香那の部屋に行ったらあったから、ノート返す」

「香那は？」

「それが、いないんだ。昨夜も俺の家に来るって言ってたのに、来ないままだし。寝てるのかと思っていたけど、おかしいよな」

「どこ行っちゃったんだろう」

僕は血痕の残る道へ下條さんを案内した。

「どう思う？」

「警察に届けたほうがいいんじゃない」

やっぱりそうか。香那もうなずいている。僕は一一〇番通報した。どこかを遊び歩いているか自主的な失踪《しっそう》ではないかと思われたらしく、最初はあまり相手にされなかった。僕は根気強く、道に事故の跡らしきものが残っていることを説明した。警察官がやってきて、道幅を測ったりブレーキの跡の写真を撮ったり、残された血痕を採取したりした。

僕と下條さんは警察署に連れていかれ、事情を聞かれた。香那もついてきた。僕は、下條さんにしたのと同じ説明を警察官にもした。被害妄想かもしれないが、どうも疑われているような節《ふし》もある。いい気持ちはしなかった。

すっかり夜になってから、香那と一緒にアパートへ帰った。香那は不機嫌だった。

「まえから思ってたんだけど、英ちゃんさあ。私と店長のこと、なんか誤解してない？」

「べつに」

僕は腹が減って倒れそうだった。朝からなにも食べていない。まえの晩に作ったチャーハンを、レンジでチンした。

「絶対にしてるよ。さっきも店長のまえで態度悪かったし。やめてよね、雇用主なんだから」

おまえもう死んでるんだから、店長の心証が悪くなったってかまわないだろ。そう言ってやりたいところだが、こらえた。なんでそんなに、店長にどう思われるかを気にするんだ。僕はあたたまったチャーハンをローテーブルに運び、スプーンを手にした。

「香那も食べるか?」

「いじわる!」

香那は癇癪《かんしゃく》を起こし、ベッドで跳ねたりクッションを蹴《け》ったり積んであった教科書を崩そうとしたりした。でも、ものには触《さわ》れないみたいだった。物理的な被害がないので好きにさせておいたが、僕がチャーハンを食べ終わっても暴れているので、だんだん鬱陶《うっとう》しくなってきた。

「いいかげんにしろよ」

僕は怒鳴った。「じゃあなんで、俺はあの男ににやにや笑って『ああ、あんたが』なんて言われたんだよ」

「知らないよ、英ちゃんが勝手にそう感じただけでしょ。店長は笑ってなんかなかった」

「俺のこと、どんなふうにあの男に話してたんだ」

「べつに、ふつう」

「ふつうって」

「ああもう！」

香那は髪の毛をかきまわした。霊魂になっても、自分の体には触れるらしい。

「そうだよ、私は店長から告《こく》られたことあるよ！　でも、ちゃんと断ったもん。英ちゃんいるから、つきあえませんって。昨夜だってシフトの話をして、あとは店長の愚痴聞いてただけだもん！」

僕は死んだ恋人を相手に嫉妬《しっと》をぶつけている。香那は死んでしまったというのに、まだ香那の心を疑っているし、香那の言葉を信じていいものかどうかわからずにいる。ひどくむなしくて馬鹿げたことだ。

「英ちゃんは冷たいよ」

香那は泣きだした。涙は頬を伝い、畳に落ちたが、染《し》みは残らない。泡雪《あわゆき》よりもはかなくどこかへ消えてしまう。

「私は死んじゃったんだよ。なのに、ちっとも心配してくれない。浮気なんか気にしてる場合？　これからどうすればいいかもわかんなくて、私すっごく不安なんだよ！」

香那がこれまでと変わらない姿で僕のまえにいるから、死んだと思えないんだ。僕は謝り、くしゃくしゃになった香那の髪を撫《な》でてあげようとした。僕の指は、なんの影響も及ぼすことができなかった。香那はしゃくりあげながら、自分の手で髪を整えた。

長い一日だった。翌日の試験の勉強をなにもしていなかったが、僕はもう疲れはてていた。香那をうながし、ベッドに入る。並んで横たわり、一枚のタオルケットを一緒に腹にかけた。昨夜は気づかなかったけれど、タオルケットは香那の体のうえに留《とど》まることなく、すりぬけて力なくシーツに落ちた。

隣で眠る香那はひんやりしている。死者の世界に吹く風は、こんなふうに冷たいのだろうかと思った。エアコンがいらないぐらいだ。いまは夏だからいいけれど、冬になったらどうするべきかと僕は案じた。きみと寝ると寒いのでベッドから出てくれないかと言ったら、きっと香那はまた癇癪を起こすだろう。

警察は轢き逃げ事件と断定し、捜査を進めていた。犯人は轢いてしまった香那を車に乗せ、証拠隠滅するためにどこかへ運び去ったのだろうということだ。二つのレジ袋と携帯電話も一緒に。

「なんて残酷なやつだ」

「病院へ連れていってくれればいいのにね」

僕と香那は憤った。

事故現場周辺には、目撃情報を求める立て看板が何枚も設置された。香那の両親が学園都市へやってきて、娘の顔写真が入ったビラを駅前で配った。僕も友人の一人として手伝った。娘の無事を願い、必死に行方を知ろうとする香那の両親は憔悴《しょうすい》しきっていた。僕だって香那が無事であってくれたらと思う。でもだめだ。ビラを配る母親の横に、香那が立っている。「ママ、ごめんね」とか「泣かないで」とか、一生懸命に母親を慰《なぐさ》めている。母親には聞こえていない。香那の声は僕にしか届かない。

蟬がうるさい。

香那は昼も夜も僕と一緒にいる。僕がご飯を食べ、勉強し、友人と話すのを、そばで見聞きしている。僕のアパートで毎日ともに寝起きする。僕は自分の両親以外ではじめて、幼いころから霊が見えることを香那に話した。香那が生きていたら、霊になって僕のまえに現れることがなければ、ずっと秘密にしていただろう。死んでからのほうが、香那との距離が近い気がする。香那も同じように感じているみたいだった。

「あそこの横断歩道に、五歳ぐらいの男の子がいる」

「見えないなあ」

「そうか。男の子にも、香那のことが見えてないみたいだ」

「私よりよっぽど、英ちゃんのほうがあの世に近いね」

まったくだ。僕は香那と、死後の世界について語りあった。霊が存在するなら、あの世でも霊同士で仲良くなったり喧嘩したりしてもよさそうなものだが、どうもそうじゃないらしい。各々《おのおの》の霊は、次元というかチャンネルのちがう場に存在しているのか、香那にはほかの霊がまったく見えないし、ほかの霊も香那を見ることができないようだった。

「見える景色は生きてたときと変わらないけど、すごくさびしいよ」

香那はそう言ってうつむいた。「でも、私はまだましなほうだね。英ちゃんが霊が見えるひとでよかった」

僕は香那の輪郭を突き破らないように注意しながら、肩を抱き寄せた。見えなければよかったと思いながら。霊を見る力さえなければ、僕は香那がどこかで生きていると希望を抱けた。

生者と死者の境はどこにあるのだろう。たとえば僕が、故郷にいる僕の両親を思うとき、それは死者を思う距離や心情となにがちがうんだろう。そう変わりはない。いずれまた会えるという保証の有無が、生者と死者とのちがいなのか。会わないまま、両親か僕がぽっくり死んでしまうかもしれないのに？　じゃあ、二度と会いたくないような別れかたをした、以前の彼女はどうだ。彼女を思うとき、親しい死者を思うよりも僕の感情は遠い。死んでなお僕の近くにいる香那よりも、まだ生きているはずのまえの彼女のほうが遠い。

僕と香那は、マーチで夜のドライブをした。香那が霊になるまえからの、二人の習慣だ。人工的に整った学園都市をめぐり、明かりのついた研究施設の窓を数える。黒い山影を目指し、郊外へ出ることもある。ヘッドライトが曲がりくねった道を照らし、車は夜風にざわめく木々のあいだを抜ける。

展望台で休憩する。眼下には街の灯《ひ》が見える。たくさんのひとが暮らす街。僕が知っている友人や先生や近所の住人は、そのなかのほんの一握りにすぎない。顔も名前も知らない、道で行きあっても幽霊みたいに互いに目もくれずに過ぎていく大半のひと。彼らにとって僕は死者に等しいし、僕にとっての彼らも同じくだ。そんなふうに考えながら夜の街を眺めおろすと、すでにあの世にいるような気分になってくる。

「寒くないか」

「平気。英ちゃんは」

「俺も平気」

僕たちは生前と変わらぬ会話を交わす。こんなに変わらないなら、死んでもかまわない気もした。香那の体は見つからない。病院に運びこまれた形跡もない。犯人は血を流した香那をどこかに埋めてしまったんだろう。香那は死んでいる。さびしいと言う。

次元だかチャンネルだかが異なる場に投げこまれたら、香那の姿が見えなくなってしまう。でも、僕も死んでしまおうかと思った。香那がさびしくないように。香那が死んでようやく、自分が香那をけっこう好きだったこと、愛情がいよいよ増していっていることに気づくなんて、僕は本当に迂闊だ。

「星がきれいだねえ」

僕の隣で空を見上げ、香那はうれしそうに言った。

マーチを運転してアパートへ帰り、僕たちはくっつきあって眠った。そろそろ香那の冷たい感触が染みる季節になっていた。

夏休みが終わっても、香那はノースリーブのワンピースのままだ。

香那を案じる友人のまえで、適度な心配と不安と哀しみを表現するのは難しかった。なんといっても、香那は隣にいるのだから。香那と話すときの声量にも注意を要した。そんなこんなで、僕は大学でなるべく一人で行動するようになったし、暇な時間もひとと会わなくなった。僕の変化を友人はみな、彼女が行方不明であるがゆえの憂《うれ》いと取ってくれたようだった。下條さんは、「気持ちはわかるけど、あまり塞《ふさ》ぎこみすぎないほうがいいよ。香那はきっと元気で帰ってくるから」と言った。

香那は怒っている。

「下條のやつ、英ちゃんに気があるんじゃないの？　英ちゃんも英ちゃんだよ。簡単に鼻の下のばしちゃってさ」

「のばしてない」

「のびてた。『鼻の下がのびた顔』がどんなものなのか、私はちゃんと見た」

香那は部屋のなかをのし歩いた。古いアパートだからかラップ音なのか、ぴしぴしと柱や天井が鳴った。

「だいたい、なにが『元気で帰ってくるから』よ。そんなこと思ってないくせに」

たしかに、下條さんの言葉はおためごかしだと僕も感じた。香那を知るだれもが、たぶん香那の両親すらも、香那は死んでいると心のどこかで諦《あきら》め、覚悟を決めていた。

警察はとうに病院への聞きこみをやめ、不審車両の洗いだしに専念しているようだった。

香那に気分転換してもらうため、スーパーへ買い物にいこうと誘った。自分が轢かれた場所に差しかかっても、香那は平然としている。

「犯人の顔とか、どんな車だったかとか、思い出せないのか」

「全然だめ。たぶんうしろから跳ね飛ばされたんだろうねえ」

まるっきり他人事《ひとごと》だ。犯人のところに化けて出てくれれば、少しは仇《かたき》を取ったことになるのに、そんな気はまるでないらしい。

自身の死因にも頓着《とんちゃく》しない香那が顔色を変えたのは、レンタルビデオ屋の店長をスーパーで見かけたときだ。店長は香那と同じぐらいの年齢の女と、楽しそうに買い物していた。店長が持ったカゴには、大根やら生理用品やらが入っている。

「あんなに言い寄ってきてたくせに、なんなの」

香那は怒って、店長と女に拳の雨を降らせた。なんら影響を与えられずに終わったけれど。

「私が行方不明になって、まだ二カ月も経《た》ってないのに」

「気にすんなよ」

「ちょっと浮かれてたのが馬鹿みたい。ほらやっぱりな、って思ってる?」

「思うわけないだろ」

ちょっとは浮かれてたのか、と気になったが、強く否定しておいた。

スーパーから帰る道すがら、香那は無口だった。僕はレジ袋をぶらさげ、黙って香那と歩いた。

玄関のドアをくぐったとたん、香那はミュールとワンピースを脱いで真っ裸になった。僕が香那の服を脱がすことはできないが、香那は自分の服を脱げる。

「英ちゃんも脱いで」

「買ったもんを冷蔵庫に入れないと」

「あとでいいから」

香那が僕に触れても、ひんやりするだけでボタンもはずせない。さんざん試したから、もうわかっていた。僕はおとなしく裸になり、香那とともにベッドに座った。香那が僕の肩から胸、へそ、ペニスに触れる。ぞくぞくした。気持ちいいのではなく、寒かった。僕は自分の手でペニスをこすり、なんとか勃起《ぼっき》させた。香那が幽霊になって以来、僕の勃起力は弱まっている気がする。いつも香那がそばにいて、オナニーも女の子とつきあうこともできないのだから、もうちょっと溜《た》まってもよさそうなものだ。精神的に疲れているのかもしれないし、香那の霊に生命力を吸い取られているのかもしれない。

香那は僕を仰向《あおむ》けに横たわらせると、またがって僕のペニスを体内に招き入れた。冷たくて縮みそうになるのを、気力でこらえる。

「どう?」

「うん」

冷えて柔らかいゼリーにペニスを突き立てているような感触しかしない。目に映る光景はとてもいやらしいのに、寒気がひどくなった。香那の動きにあわせて腰を上下に振っていたが、やっぱりだめだ。

「ごめん」

「ううん、しょうがないよね」

香那は僕のうえからどいた。萎んだ僕のペニスは乾いている。それを見て、香那は声を出さずに泣く。僕の腹にたしかに涙が落ちるのに、ぬくもりも感触もない。

「このままじゃ、英ちゃんとつきあえないよ」

「どうして」

「だって、幽霊だし、セックスできないし」

「まだ俺が慣れてないだけだよ」

僕は勃起力の改善を自分に誓った。「それに、セックスできなくたってつきあってはいける」

香那は首を振った。僕を信じられないようだった。そのうち僕が香那をいやになって、レンタルビデオ屋の店長みたいに、ほかの女の子とつきあうと思っている。

香那が生きていたら、そういうこともあったかもしれない。ふつうに別れて、お互いにべつのひととつきあったかもしれない。でも、幽霊になっても自分のそばにいてくれる女の子を、すげなく振ることなんてできるだろうか。実際問題として、香那が部屋にいるかぎり、ほかの女の子と恋仲になるなど僕には無理だが。香那の膣《ちつ》がちょっと冷たくなっただけで、もう勃《た》たないぐらいだ。霊となった香那のまえで、ほかの女の子と堂々とセックスする根性はとてもない。

死んでも信じあえないなんて、不便で不毛だ。言葉を、心を、つまびらかに証《あか》すことができればいいのに。ずっと一緒だ、と香那を安心させてあげられればいいのに。

僕は寒さを我慢して香那を腕に抱き、いろんな言葉や仕草で香那をなだめた。なだめるうちに眠ってしまった。

香那が夜道を歩いている。

ヘッドライトの白い光の輪のなかに、紺色のワンピースを着た香那のうしろ姿が浮かびあがる。レジ袋を両手にさげ、軽い足取りだ。たまに空を見上げ、星に向かって鼻歌でも歌っているように見える。

僕はアプリコット色のマーチに乗って、香那の背後から静かに近づく。ヘッドライトはもう昼間のようにあたりを照らすのに、香那は僕に気づかない。車体に鈍《にぶ》い衝撃。ボンネットに乗りあげ、弾《はじ》かれ、弧を描いて地面に叩きつけられる香那の体。

僕は車から降り、香那を抱えて後部座席に寝かせる。片方だけ脱げたミュールも、散らばった野菜や肉も、転がった携帯も、すべて回収して車に乗せる。レジ袋の中身に、ローラー型の掃除道具がある。それを使って、地面に砕《くだ》け散ったウィンカーのプラスチックカバーや塗料の欠片《かけら》まで念入りに取り除く。

香那を乗せたマーチは曲がりくねった坂道を上っていく。展望台のある山だ。適当な場所で車を停め、香那を背負って真っ暗な斜面を下りる。湿った土のにおいがする。どこに埋めたらいいだろうと、僕は考えている。

背中の香那はひんやりと柔らかい。

うなされて目が覚めた。夜半過ぎのようだ。なんだか首がすうすうすると思ったら、香那が両手をかけ、馬乗りになって僕を覗きこんでいた。香那の目は澄んで青白く輝いていた。

「すりぬけちゃうの」

香那はささやいた。「英ちゃんを殺すこともできないみたい」

生身の体を持っていたとしても、きみは僕を殺したりしない。どんなにつらくてさびしくても、だれかを殺したりしない。そういうことはできない。そんなきみを僕は好きだ。

僕が腕を差しのべると、香那は首から手を離し、ベッドのうえで僕に身を添わせた。たしかな感触も体温もないのがさびしいけれど、これが香那の新たな感触であり体温であるのだと思えば、愛しいし少々の寒さなど辛抱できる。

僕は香那を抱え、暗い天井を見上げる。

「香那を轢いたのは俺かもしれない」

「どうして?」

「ものすごくリアルな夢を見た」

「夢ってたいがい、変にリアルなものでしょう」

香那の声はとても優しい。「どうして、英ちゃんが私を轢かなきゃならないの?」

「わからない。香那から逃げたいと思ったのかもしれない」

幽霊だから。香那がいるかぎり、僕はもうだれとも恋もセックスもできず冷たい幽霊を相手に生きなきゃならないから。それは生きていると言えるのだろうか？

香那が死んで幽霊になって現れたとき、僕も死んだのかもしれない。

「でも、英ちゃんは私を轢いたりしない」

香那はなんだか申し訳なさそうに言った。僕はいっそう強く香那を抱きしめる。香那の輪郭が崩れ、僕の腕を包みこんで、なにごともなかったみたいにまた輪郭を為《な》す。積もった雪に腕を突っこんだときのような、熱さに似た冷たいしびれと圧迫感を肌に感じる。

「もう寝よう」

あの世とこの世の境目で、僕たちは同じ夢を見る。

十月半ばに、山で香那の死体が見つかった。キノコ採りに来た主婦のグループが、白骨化して土から突きでた香那の左手を見つけたのだった。

鑑定の結果、香那だと判明し、僕は警察署に呼びだされた。改めていろいろ聞かれ、さんざん嫌味めいたことを言われたが、一時間ほどでアパートへ帰れた。香那は僕の隣でずっと、刑事に向かって文句を言ったり舌を出したりしていた。

香那の両親は、学園都市まで香那を引き取りにきたそうだ。僕は結局、発見された香那の姿を見ていない。僕と行動をともにしている香那も、両親が悲嘆に暮れて遺体と対面したことを知らずにいた。

通夜《つや》と告別式の日程がだれからともなく電話で伝えられてきて、そこでようやく僕と香那は、香那が本当に死んでいたのだという実感を得た。

「明日が通夜で、明後日が告別式だって。香那の実家の近くの葬祭場でやるらしいよ。どうする？」

「お経を聞いたら、成仏して消えちゃわないかな」

「さあ、どうだろう。香那、仏教徒ってわけじゃないだろ？」

「うん、べつになにも信仰はしてない」

「じゃあ、大丈夫じゃないか。死んでから四十九日だってとっくに過ぎてるのに、消えないでいるんだし」

僕は一着だけ持っているブラックスーツを着て、数珠《じゅず》と香典をポケットに入れた。香那はノースリーブのワンピースにミュールで行くしかない。

通夜に参列するため、マーチに乗って香那の実家がある横浜へと出発した。ついこのあいだまで、午後三時といったら日射しでなにもかもが白く染まっていたのに、いまはどちらかといえば夕方の光に近い。冬が来る。香那と眠るのだから、寒さ対策をいつもの年以上に考えておかなければならない。

香那はきちんとシートベルトを締め、助手席に座っている。霊であっても、事故に遭ったらどうなるかわからないから、僕が締めてあげた。ベルトは香那の体を通り抜け、シートの背に貼《は》りつく形になってしまっていたが。香那の口数は少ない。自分の葬式に行くのに明るくはしゃぐものもそうはいまい。僕も無理に話しかけたりはせず、運転に専念した。

高速道路の料金所を通過し、本線と合流して加速をかけた。そのとたん、香那の姿がちぎれるように助手席から消えた。風に吹き飛ばされる花びらみたいに。

僕はびっくりし、しかし危ういところで急ブレーキをかけるのは踏みとどまった。Uターンすることもできない。ちょうど、電話マークのついた路肩の待避所があったので、そこへ車を停め、急いで合流地点のほうへ駆け戻った。

「香那ー! 香那ー!」

かたわらを車がびゅんびゅん走り抜けていく。排気ガスと騒音が、猛烈な勢いで体じゅうの穴から入ってくるようだ。防音壁に添ってまばらに植えられた木は、どの葉も灰をかぶったみたいに煤《すす》けていた。

前方から香那が走ってきた。必死に車を追いかけてきたようだ。僕は香那がこの世から消えていなかったことに、心底安堵《あんど》した。

「香那！」

「英ちゃん！」

僕たちは高速道路の隅っこで抱きあった。もちろん、僕は力を入れすぎないように注意した。

「どうしたんだよ、急にいなくなるから心配したぞ」

「置いていかれちゃったかと思ったよー」

香那は鼻をすする。「なんかね、スピードが出たとたん、形を保っていられなくなったの」

僕たちは歩いて車に戻り、再び横浜を目指して発進した。おそるおそるスピードを上げていく。メーターが時速八十三キロを指した瞬間、またもや香那がちぎれ飛んだ。

車を路肩に寄せ、香那を迎えにいく。

「八十キロ以上は出さないほうがよさそうだな」

「ごめんね、あんまり高速に乗る意味ないね」

一番左側の車線を、ゆっくり走ることにする。

「どうして、八十三キロを超えると消えるんだろう」

「たぶんなんだけど、時速八十三キロで走ってた車が私を轢いたんだと思う。最期《さいご》に経験した以上の速度になると、なぜだか体がばらばらになっちゃうみたい。車から吹き飛ばされると、またすぐに元通りの形に戻れるんだけど」

「あんな細い道なのに、おまえを轢いたやつは無茶苦茶なスピードを出してたんだな」

犯人は捕まっていない。遺留品がとても少ないのだと、大学で下條さんが言っていたのを思い出した。僕が夢で見たとおり、犯人は掃除用のコロコロで証拠の欠片を拾い取っていったのかもしれない。

スピードが出せないものだから、葬祭場まで予想以上に時間がかかった。受付で記帳し、香典を渡す。サークルのメンバーを何人か見かけた。僕のほうには近づいてこない。なんと声をかけたらいいのか、わからないのだろう。

祭壇には立派な棺《ひつぎ》が横たえられていたが、顔のところについた小窓は固く閉ざされていた。なかは香那の骨だ。白骨化した遺体も、もう一度火葬場で焼くよう決められているらしい。

坊さんの読経《どきょう》の声がつづく。香那の母親は放心して一点を見ている。父親は夏に会ったときより二回りは痩《や》せてしまっている。香那は両親のまえに膝《ひざ》をつき、二人の手をそっと握った。

覚悟はついていたはずなのに、花に囲まれた笑顔の遺影を見たとたん、喉《のど》から嗚咽《おえつ》があふれた。香那は死んだ。死んでしまった。

「香那」

小さく呼ぶと、香那は両親のもとから僕の隣へ急いでやってきた。「俺も一緒にいきたい」

「私はここにいるよ、英ちゃん。ずっと一緒にいるよ」

ずっとって、いつまでだ。僕が死ぬまで？　死んで、僕も霊になって、きみと会えるのか？　きみは、街にいるほかの霊を見ることができなかったじゃないか。

生者と死者のちがいは、殺し殺されることができるかどうかにあるのかもしれない。殺すことも殺されることもできないのが死者だ。

今後すべての時間を、年も取らずノースリーブのワンピース姿で髪から甘いにおいをさせた、僕にしか見えない香那とともに過ごすなんて、いつか耐えきれなくなりそうで怖い。これでは生きながらにして、香那と無理やり心中させられたのと同じだ。頭がおかしくなりそうだ。

いや、僕はとっくにおかしいのかもしれない。なぜ僕にだけ香那が見える。親でさえ聞こえない香那の声が、なぜ僕には聞こえるんだ。

「英ちゃん、帰ろう。明日はまた講義もあるんだし、早く私たちのアパートへ帰ろう」

マーチは時速八十キロで高速道路を走る。

空には星が瞬《またた》いている。暗いアスファルトに散った塗料の欠片のように。電波を受信して青白く光る、地中深く埋められた香那の携帯電話のように。

「ママとパパはきっと、私のアパートを引き払うよね。明日には骨も焼かれるし、本当になにもかもがなくなっちゃう」

香那は助手席の窓から外を眺めている。「英ちゃんを好きだって思いだけしか、いまは残ってない」

百二十キロぐらいスピードを出したら、どうなるだろうと考えた。香那はちりぢりに吹き飛ぶ。そのまま僕が迎えにいかなかったら、学園都市までの道のりをミュールで歩くしかない。吹き飛んだまま、さすがにもとの形に戻ることができないかもしれない。

アクセルを思いきり踏みたい。車ごと壁に激突したってかまわない。香那を振りきって逃げだしたい。追いつけないほど速く、遠くへ。

でも実行には移さない。

香那に残った「好き」という気持ちは、いずれ薄らいでいくものなのだろうか。気持ちが消えたとき、香那も完全にこの世から消えるのだろうか。その日が早く来てほしいようにも、せめて僕の鼓動が止まるまでは消えずにいてほしいようにも思いながら、星空のもと車を走らせる。

S

I

N

K

忘れてしまった。ほとんどのことを。けれどもたまに、眼前をよぎるなにかがある。ごついゴーグルをかけ、鉄片を溶接しているときに。飛び散る火花と二重写しになって、いつ見たのかも、本当に見たのかも定かでない情景が浮かびあがる。

細かな泡が立ちのぼっていく。白く光るそれらは、雪のようでも星のようでもある。あたりは暗く、凍えそうに静かだ。無数の小さな水泡だけが、淡い輝きを放ち、天へ向かって何本もの細い線を描く。手をのばしてもつかめない。泡は連なりを崩してすりぬけ、なにごともなかったみたいに、揺らぎながらまた列を成して上方を目指す。

いや、もしかしたら、この体のほうこそが落ちて——あるいは沈んで——いっているのかもしれない。

ひとつまばたきをすると、もう消えてしまう刹那《せつな》の情景。目のまえには、高温に溶けゆく金属があるだけだ。

鉄の焼けるにおいが漂う。彼岸花に似た軌跡で散る火花。

冷たい手で足首をつかまれた気がして、目を覚ます。いつものことだ。ベッドに身を起こし、タオルケットを剝《は》いで足もとを確認する。なにも異状はない。手の形の痣《あざ》でも残りそうなほど、冷たい感触がたしかにしたはずなのに。

「おいおい、大丈夫か？　いますげえ、ビクッてなってたけど」

声をかけられてはじめて、部屋の真ん中に立つ悠助《ゆうすけ》に気づいた。火のついていない煙草《たばこ》をくわえ、悦也《えつや》を見ている。

「どっから入ってきた」

「玄関から。鍵《かぎ》開いてたぞ」

悦也はベッドを下り、台所で顔を洗った。板張りのささくれた床がなまぬるい。表では盛んに車の行き交う音がする。すでに昼に近いようで、台所の小さな窓から差しこむ日射《ひざ》しは強い。

寝ながらエアコンのスイッチを切ったらしく、室内は蒸し暑かった。汗で湿ったTシャツを洗濯機に投げこみ、悦也はベッドのそばに戻った。悠助はまだもとの場所に立ったまま、煙草を吸っていた。カーテンと窓ガラスを開ける。わずかな風が、白い煙をゆっくりと部屋の奥へ押し流していった。

「できたか?」

悠助に聞かれ、「下にある」と悦也は答えた。

段ボール箱から洗濯済みのTシャツと下着を引っぱりだし、床に落ちていたジーンズを拾って風呂場《ふろば》へ向かう。衣装ケースぐらい買うべきかといつも思うが、思うだけで実行には移さない。悦也の部屋にある家具はベッドぐらいだ。悠助から譲り受けたもので、スプリングが馬鹿《ばか》になっている。食事は床に座って適当に済ませるから、椅子《いす》やテーブルはない。電話も床に直接置いている。テレビはない。仕切りの壁をぶち抜き、台所までひとつづきにした十五畳ほどの空間は、ものがないおかげで実際よりもっと広く見える。

シャワーを浴び、服を着て風呂場から出ると、悠助はとうに煙草を吸い終え、窓の外を眺めているところだった。台所のシンクに落とされた吸い殻は、水を吸って茶色くふやけている。

悠助は振り返り、タオルで乱暴に髪を拭《ふ》く悦也に向かって、ちょっと笑ってみせた。

「おまえいいかげん、このベッド買い替えたら」

「そのつもりだ。今度、引っ越すから」

「うそ、どこへ。いつだよ」

「重森町《しげもりちょう》。たぶん、この夏のあいだには」

「なんでまた、あんな辺鄙《へんぴ》なところに」

「べつに、東京に住んでる理由もないだろ」

タオルも洗濯機に投げこみ、悦也はそれ以上の質問をさえぎるように、悠助に背を向けた。「仕上がりを確認してくれ」

合板の貼《は》られた安っぽい玄関ドアを開け、薄暗い階段を下りる。悦也の現在の自宅兼仕事場は、築五十年は経《た》っているだろう二階建てのビルだ。運河に近い立地で、小さな家屋と工場《こうば》が密集している。少々の騒音を立てても、この町の住民はだれも文句を言わない。対岸には高層マンションが次々にでき、運河を靄《もや》が覆《おお》う朝など、想像上の古代王国が蜃気楼《しんきろう》となって出現したように見える。

悦也はビルの一階部分を、車庫と仕事場として使っている。以前は金型工場が入っていたらしい。窓はなく、床はコンクリートを流しこんだだけのものだ。

通りに面したシャッターを開け、悦也はまず、中古の軽トラックを表に出して路駐した。軽トラがあると場所を塞《ふさ》いで、作業に取りかかることすらままならない。かといって、足がないと納品のときに困る。引っ越そうと決めた理由のひとつは、仕事場が手狭になってきたことだ。

悠助は仕事場の片隅にしゃがみ、今朝がた完成したばかりの鉄製の門扉《もんぴ》を検分しだした。草花の流麗な意匠が透かしになっており、よく見ると二羽の小鳥が遊んでいるのがわかる。

軽トラックから降りた悦也も、ちらばった鉄屑《てつくず》を足でよけながら、悠助のかたわらに立った。

「どうだ」

「いいでき」

悠助はポケットから出したメジャーで寸法をたしかめ、満足そうにうなずいた。

既製品では飽きたらぬ施主《せしゅ》からの、門扉や外灯や窓飾りを作ってほしいという依頼は多い。鉄を切ったり曲げたり叩《たた》いたりして、どんな形でも作りだすのが悦也の仕事だ。幼なじみの悠助が建築事務所をやっているおかげもあり、金属造形でどうにか食えている。

「表札もできてる」

薄い長方形の鉄製プレートにも、門と同じ草花の模様を透かしで入れた。依頼人の名字は、叩きだしという技法を使い、飾り文字で浮かびあがらせた。

悦也が作業台を指すと、一瞥《いちべつ》した悠助は愉快そうに肩を震わせた。

「いつもながら、どんな顔して、こういう繊細なもんを作ってるのかと思うよ」

「こんな顔だ」

悦也は軍手をはめ、門扉と表札を梱包材《こんぽうざい》でくるんだ。悠助はまた煙草を吸いながら、ただ作業を眺めているだけだった。

荷台に商品を、助手席に悠助を乗せ、悦也は軽トラックを発進させる。大きな川を越え、東京を横断する形で西を目指した。

日曜のためか、都心部の渋滞はそれほどでもない。ラジオからはクラシックが流れていたが、音楽に疎《うと》い悦也には、だれのなんという曲なのか見当もつかなかった。べつの局に替えようかと、つまみに左手をのばしかけてやめる。悠助は目を閉じ、音楽に聞き入っているようだ。冷房が効きすぎている気がしたので、悦也はラジオのかわりに空調のつまみをまわし、設定温度を少し上げた。

外界の熱を遮断して、眠ってしまったのかと思うほど車内は静かだ。緑の多い都心を抜け、青梅《おうめ》街道に入る。道の両側には、ラーメン屋やディスカウントショップが並んでいる。悠助がいつのまにか目を開けている。

「次の信号、左折な」

「ああ」

「引っ越すのはいいけど、田代《たしろ》さんのことはどうすんだ」

「どうって、べつに。つきあってるわけでもないんだし」

「そうなのか？」

「そうだ」

田代恵美《えみ》とは、家具の展示会や美術館に何度か行った。帰りには一緒に夕飯を食べた。それだけだ。それをつきあうとは言わないはずだ。

「でも、向こうはどう思ってるかわからないだろう。ちゃんとしてくれよ、うちの奥さんの友だちなんだから」

誘われて、ちょうど時間があったし、展示物にも興味があったから出かけた。悦也は、田代に好意をほのめかすような言動を取ったことはないつもりだ。特別な好意などないのだから、あたりまえだ。田代も悦也に、好意を打ち明けたことはない。もしかしたら、目や指先で物語っていたのかもしれないが、そんな微細な合図まで汲《く》み取らなければならないものなのだろうか。

知ったこっちゃない。悦也はなげやりな気持ちになった。

「おまえが勝手に、彼女と引きあわせたんだろう」

「親切で引きあわせてやったんです」

悠助は思案めかして腕組みした。「おまえさあ、大丈夫なの。そっち方面に関しては秘密主義なんだろうと思ってきたけど、どうもそうじゃないみたいだし」

悦也は黙っていた。悠助の遠慮がちな、しかしなにかを探る視線を左頬に感じた。

「やっぱりその、あれが原因なのか？」

あれって、なんだよ。そう切り返したら、悠助はなんと答えるつもりなのか。答える勇気があるのか。これまで二十年以上、曖昧《あいまい》な態度で、核心の部分には触れず、「でもおまえのことは友人としていつも気づかってるんだよ」と遠巻きに示したつもりで満足している、ご親切なおまえに。

「いまは仕事に集中したいだけだ」

悦也の言葉に、悠助はひそかに安堵《あんど》したようでも落胆したようでもあった。

阿佐ヶ谷《あさがや》の住宅街のなかの小さな一戸建ては、外観はほぼ仕上がっている。施主一家が、完成間近の我が家を見にきていた。内装と外構工事の業者は、今日は休みだ。

建築士である悠助が玄関の鍵を開け、屋内の状況を一家に見せてまわった。

三十代後半ぐらいだろうか。施主である夫婦の表情は晴れやかだ。まだ幼児の息子二人は、我先にと靴をスリッパに履きかえ、新しい家へ走りこんでいった。子どものはしゃいだ声と、大人たちの笑い声が、汚れよけのシートが貼られた空間に反響する。悦也は彼らには同道せず、軽トラックの荷台から門扉と表札と工具を下ろした。設置が終わっていた門柱に、梱包材をはがした門扉をはめこみ、開閉の具合を確認する。重厚感はあるが仰々《ぎょうぎょう》しさのない鉄の門は、白い外壁によく映えた。

門の脇《わき》の壁に、表札をねじで取りつける。室内探検に飽きたのか、子どもたちが表へ出てきた。おそろいの服を着た小さな二人は、悦也が作った門扉をものめずらしげに触っている。

「鳥がいる！」

と、兄のほうが言った。「なんの鳥？」

悦也は横目で兄弟を見た。二人がこちらを見上げているので、自分に対する質問なのだとわかった。

「鳥が好きか？」

「うん。いっぱい知ってるよ。ハトでしょ、スズメでしょ、カラスでしょ、シジュウカラ、ジュウシマツ、あとね、あとね、カワセミ！」

屈託《くったく》がない。人見知りもせず、はじめて会った悦也への親しみと信頼感を全身で表現してくる。弟のほうは、兄のうしろに半ば隠れ、恥ずかしそうに悦也をうかがっている。兄のそばにいれば、なにもかもが大丈夫だ、とでも思っているようだった。兄もそれを知っていて、誇らしそうに、安心させるように、たまに弟を振り返る。

「この鳥は、図鑑には載っていないんだ」

「なんで?」

「俺の頭のなかにいる鳥だから」

「ふうん」

表札をつけ終え、悦也は兄弟に向き直った。

「いくつだ?」

「五歳」

と兄は言い、「さんさい」と弟は言った。指を三本立てることができないらしく、弟の手はすぐに開いてしまう。「三歳はこうだろ」と、兄は弟の親指と小指を折り曲げようとし、弟は不機嫌そうに身をよじった。

悦也にも弟がいた。ずいぶんまえに、夜の海に沈んで死んだ。

家も家族も持たない自分が、家と家族のためにものを作る。なんだか奇妙なことだと思った。

仕事を終え、悠助をマンションまで送った。

「日曜に内見《ないけん》って、ほんとはやめてほしいんだよなあ」

悠助はしきりにぼやいた。「うちの嫁さんも、最近は忙しいみたいでさ。まともに顔を合わせられるのなんて、週末ぐらいだから」

惚気《のろけ》なのか、うまくいっていないというアピールなのか、どちらのつもりだろう。意地の悪い気持ちで、悦也は考えた。

「重森町で不動産屋まわりをするときは、俺にも声をかけてくれよ」

「どうして」

「ついでに俺も帰省する。盆に帰ってこいって、おふくろにせっつかれてるんだけど、嫁さんはいやがってんだよね」

「盆には行かないぞ。道が混むから」

「かまわないよ、親戚《しんせき》と会うのも面倒くさいし。とにかく、『年に一度は帰った』ってことにできればいいんだ」

鬱陶《うっとう》しい。長年の、唯一《ゆいいつ》と言っていい友人に対して覚えた感情を、悦也はいつものとおり、静かに飲みこむ。

日高《ひだか》悦也は、一家心中の生き残りだ。

悦也の育った重森町では、たぶん知らないものはないだろう事実だ。でも、悦也自身はよく覚えていない。どうやって自分だけ生きのびたのか、なぜ両親が我が子もろとも死ぬことを選んだのか、心中に及ぶまえ、家族でどんな暮らしを営んでいたのか。長じるうちに、いろいろ知った。当時の新聞記事を調べたり、噂話《うわさばなし》が耳に入ったりして。だから、どこまでが実際に経験したことなのか、得た知識から捏造《ねつぞう》した記憶にすぎないのか、単なる想像なのか、混然としてしまって悦也自身にも判断がつかない。ろくな生活じゃなかった気がする。両親は常に諍《いさか》っていた。金がなかったからだ。

六畳一間のアパートで、五歳の悦也はふたつちがいの弟と、なるべくとばっちりを食らわないよう、おとなしく絵本を読んでいた。助けを呼ぶ声を聞きつけ、すぐに飛んできてくれるヒーローの絵本だ。彼の顔は甘いパンでできていて、惜しげもなくちぎっては、泣いている子どもに与える。

悦也の父親は、日本料理店で板前の修業をしたらしい。そこで仲居をしていた女と出会い、夫婦になった二人は小料理屋を開いた。あまり繁盛《はんじょう》しなかったようだ。見切りをつければいいものを、それぞれ故郷を飛びだして東京へ来ていた二人には、あとに引けない思いがあったのかもしれない。悦也がものごころついたころには、すでに両親は金策に追われ、激しく罵《ののし》りあい、にもかかわらず、なぜか弟が生まれた。

父親は家では料理をしなかったし、母親も店に出ていたので不在がちだった。店に客が一人もいない夜は、ぎくしゃくした雰囲気を放つ両親とともに、鮮度の落ちた刺身をカウンターで食べた。夕方から客が入った日は、できあいの弁当を買い与えられた。歩いて五分のアパートに帰され、弟と二人で冷えた唐揚げ弁当やコロッケ弁当を食べた。特に不満は感じなかったと思う。ほかを知らなかったから。

家族で外食したのは、一度きりだ。おんぼろの白いセダンに乗って、両親と弟と一緒にドライブした。街を抜け、海沿いの道をずっと走った。仕入れにも使っていたため、車内は魚くさかったが、そんなことは気にならないほど楽しかった。弟も興奮ぎみに笑っていた。その日、父親の運転は丁寧だったし、母親も理由なく息子たちを叱《しか》りつけたりしなかった。

海辺の町で、四人は車を降りた。背後に緑の山が迫った町だった。チューブ状に連なる不可思議な木が、斜面の畑に延々と植えられている。「お茶の木だ」と父親が教えてくれた。

一軒の平屋に、父親は入っていった。弟を抱いた母親に手を引かれ、悦也もあとにつづいた。

家のなかは薄暗く、乾いた草のようなにおいがした。それが、その家に住む気難しそうな老人の体臭なのか、金色に鈍《にぶ》く光る仏壇に立てられた線香のにおいなのか、悦也にはわからなかった。ただ、こわいと思った。笑みひとつ見せず黙って座っている老人も、開いた扉の向こうに奥行きの知れぬ闇《やみ》を蓄えている仏壇も。

両親は老人と向かいあい、ずいぶん長い時間、なにか話していた。父親は、ときに声を荒らげ、ときに涙まじりの声音《こわね》になった。懇願しているようでも、恫喝《どうかつ》しているようでもあった。悦也は部屋にいるのが退屈になり、弟と一緒に庭で遊んだ。白線の引ける小石を見つけ、車通りの少ない道に絵を描いた。カラスやスズメやハトの絵だ。鳥は悦也にとって、アパートの窓から見える、一番身近な生き物だった。悦也は絵がうまいほうだったので、弟はアスファルトに出現した大きな鳥を見て喜んだ。

街灯が灯《とも》りだす刻限になってようやく、両親は老人の家から出てきた。駆け寄ろうとして、悦也はためらった。表情が抜け落ち、庭の砂利を力なく踏んで歩く二人は、影そのもののような姿だったからだ。

悦也と弟を見ると、父親はめずらしく笑いかけてきた。

「さあ、帰ろうか。途中で飯を食っていこう」

「そうね」

母親はほがらかに相槌《あいづち》を打った。「あんたたちも、おなかすいたでしょう」

町を出て、海沿いの道を車で少し走ると、ファミリーレストランがあった。「ここにするか」と父親は言った。レストランに入るのははじめてで、悦也は緊張した。店内では、親子づれや若い男女が楽しそうに食事していた。

眺望のいい奥の席へ案内された。とはいえ、とうに日の沈んだ海は暗く、大きな窓の外に広がるのは黒い空間だけだった。ガラスにうんと顔を近づけると、白い波頭と、点滅する小さな赤い光がかろうじて見えた。なんの光だろう、と悦也は思った。「さあ、なにかな」。父親はメニューを見ながら、さして興味もなさそうに言った。

悦也と両親はハンバーグセット、弟はお子さまランチを食べた。お子さまランチには小さな旗と、持ち帰っていい車のおもちゃがついていた。あっちのほうがよかった、と悦也は思ったが、口に出すことはしなかった。せっかく両親の機嫌がいいのに、だいなしにしたくなかった。

ハンバーグはおいしかった。四人は再び車に乗った。さきほどまでとは打って変わって、両親は黙りこくっていた。五分と経たぬうちに、弟はおもちゃの車を握ったまま、母親の膝《ひざ》で眠ってしまった。母親と並んで後部座席に座った悦也も、だんだん眠くなってきた。海岸に沿って、ゆるやかなカーブを描き車は進む。

ぐんと加速がかかり、悦也は目を開けた。なにかにぶつかる重い衝撃があって、座席から転がり落ちた。気がついたときには、車内は真っ暗だった。弟が泣きわめいている。悦也は身を起こした。膝のあたりまで水に浸《つ》かっていた。

「お母さん、水が」

と、悦也は言った。父親が獣のように吼《ほ》え、母親が高く叫んだ。弟は母親にしっかりと抱かれている。悦也もにじり寄ろうとして、母親に突き飛ばされた。母親はその勢いのまま、窓ガラスを拳《こぶし》で叩いた。石かなにかを握っていたような気もする。水はいまや腰まで上がってきている。弟は母親にしがみついて離れない。息が苦しい。悦也は母親にすがりついた。悦也をふりほどき、母親はなおもガラスを叩く。狂った機械みたいに、ひとつの言葉を繰り返しながら。抑揚も音程もおかしくて、なんと言っているのかわからない。お母さんが変になった。助けを求めて運転席を見るが、父親はもう、こちらを振り返りもせずに黙って座っているだけだ。こわくて心細くて悦也は泣きたかった。涙も声も出なかった。ひぃ、ひぃ、と自分の喉《のど》が細く鳴るのが聞こえた。

何度目かに母親が拳を叩きつけるのと同時に、窓から海水がなだれこんできた。もみくちゃにされ、上も下もなくなって、悦也はもがいた。たすけて。だれかぼくたちをたすけて。でもだれもやってきはしないのだ。暴れる悦也の足首を、冷たい手がつかむ。必死に蹴《け》り、腕を振りまわす。最後の息が口から漏《も》れた。暗い水に、白く立ちのぼっていく泡がきれいだと思った。それきり悦也の意識は遠のいていった。

気がついたときには、病院のベッドに寝かされていた。両親と弟は、車ごと九月の海に沈んだそうだ。悦也は父方の祖父に引き取られ、乾いた草のにおいがする平屋に住んだ。

近所の大人はみな優しかったし、小学校に上がると友だちもできた。家が近かった吉田《よしだ》悠助とは、特に仲良くなった。高校までずっと一緒の学校に通ったが、悠助は勉強も運動もでき、いつもひとの輪の中心にいた。悦也は口数が多いほうではないし、勉強も運動もそこそこ、得意なのは美術ぐらいだったから、悠助がいなければ輪に加われなかっただろう。

悦也のまえで、悠助が過去について触れることはなかった。だが、「日高って無愛想だよな」とか「あいつ、なんだか暗くねえ」などと級友が言おうものなら、「悦也はちょっとわけありなんだよ」と陰でたしなめた。「おまえは高校から一緒になったから知らないだろうけど、あいつんち、じいちゃんだけなんだ。親は心中しちゃったんだよ」。したり顔で、同情を装《よそお》って、どこか得意そうに。悠助が同級生たちの好奇心を満たす情報を提供していることを、悦也はちゃんと知っていた。むかつくやつ。けれど、文句は言わずにおいた。幼いころからの友だちだから、きらいになりたくなかった。悠助が優しく思いやりがあるのも事実だった。自分が暗いのが、単に性格のためなのか、悠助の言うように「わけあり」だからなのか、判別しようもなかったので抗議できなかった。

祖父は、悦也が高校三年になった春に死んだ。病院で死の床についていた祖父は、一度だけ、「俺を恨んでるか」と聞いた。「いない」と悦也は答えた。さんざん好き勝手をし、東京へ行ったきり音信不通だった息子が、いきなり現れて金を無心したら、断るのがふつうだ。祖父は決して裕福ではない。それでも、世間体と良心に後押しされ、悦也を育ててくれた。感謝はしても、恨む気持ちなどまるでなかった。

ただ、「もしも」と「どうして」が身の内にあふれ、考えずにはいられないだけだ。もしもあの日、少しでも金が手に入ったら、両親は死を選ばなかったのだろうか。どうして、自分だけ生き残ってしまったのだろうか。家族で死ぬと決めたのなら、半端《はんぱ》なことはせず、ちゃんと殺してほしかった。身勝手で残酷な人間。あんなやつらから生まれたのが自分だと思うと、全身の皮膚をずたずたに切り裂きたくなる。

なんとかこらえていられるのは、泣いていた弟を思い出すからだ。弟は死にたくなんかなかっただろう。でも、幼い彼は両親とともに海に沈み、自分は浮かびあがった。たぶん引きとめようとしたのだろう、母親の手を蹴り飛ばして。弟のことも両親のことも、あのときは頭になかった。生きたかった。それだけだ。ひたすらに海面を目指した、執着と執念の塊《かたまり》。身勝手で残酷なのは自分だ。意地汚く生きのびたのだから、もはや死ぬまで生きるしかない。

祖父の家を売り、保険金も入ったので、悦也は美大に進学することができた。東京で一人で暮らしても、心細いとは感じなかった。これまで心細くなかったことなどない。見知らぬひとばかりのなかで暮らすほうが、だれといても心細さを感じる自分を直視せずにすみ、よっぽど気楽だった。

悠助も東京の大学に進み、近くに部屋を借りていた。「おまえが心配だからさ」と、悠助は冗談めかして言った。でも、きっとそれは冗談ではないのだ。悠助本人は無自覚なのかもしれないが、悦也のために、悦也がさびしくないように、近くのアパートを探したにちがいない。友だち思いな悠助。友だち思いである自身に満悦している悠助。ありがたくて反吐《へど》が出そうだ。悠助の粘着質な言動が、重くまとわりつくようで気色が悪かった。

悠助は悦也を、合コンや内輪のパーティーによく誘った。だれそれがおまえのこと、ちょっと気になるって言ってたぞ。そんなふうに耳打ちしてきたり、実際に紹介してくれたりした。最初は悦也も、いい子だなと感じれば素直につきあった。どの子もかわいかったし、性格もよかった。悠助が吹きこんだのか、悦也の過去を知って、なるべくそこには踏み入らないように気をつかってくれる子もいた。

でも、どうしてもだめだ。楽しくしゃべっても、ぬくもりを感じても、ふいになにもかもがどうでもよくなる。黙りこんだ悦也を見て、女の子も気まずげに黙ってしまう。最後はいつも、「私じゃ悦也を支えてあげられない」「悦也と幸せになる自信がない」と言われた。悦也は、支えてほしいと思ったことも、一緒に幸せになりたいと思ったこともない。自分には相手に期待するものがなにもないのだと、何回か同じことを繰り返してようやく気づいた。なんの期待もない人間が、相手の期待に応《こた》えられるわけがない。

それ以降、つきあうのはやめた。面倒くさくなったからだ。恋をするふり、相手を大切に思っているふりをするのが。恋をして、相手を大切に思ったさきに、意味のあるなにかを見いだせなかった。結婚して、子どもができて、それから？　夜の海にもろともに沈むのか。

一人でいい。一人がいい。愛を否定しているのでも、暴力癖があるのでもない。真《ま》面目《じめ》に大学に通い、好きな金属造形に熱心に打ちこみ、だれかを傷つけるような不用意な発言はできるだけ控え、電車で老人が立っていたら席を譲る。だれにも迷惑はかけていない。ただ、特定の相手に恋心を抱く必然性を感じないし、万が一にも子どもができたら困るからセックスはしたくないというだけだ。ベジタリアンだから肉は食わないとか、肝臓を酷使しすぎたので禁酒したとか、そういうのと同じだ。悠助は心配顔で、「最近、どうしたんだ」とか「好みのタイプを言えよ」などと世話を焼きたがったが、放っておいてほしかった。

無骨な鉄片を切断したり溶接したりするのは、没頭できる作業だった。悦也は椅子やオブジェも作ったが、一番楽しいのは家の外まわりのパーツだ。家に帰ってきて、まっさきに目に入るもの。その家にどんな人間が住んでいるのか、端的《たんてき》に象徴するもの。

金属造形ならば、一人で黙々と作業していればいい。言葉を使わなくても生みだせる。大学を出たら、これで食っていこう。そう決めるのに迷いはなかった。

ごついゴーグルをかけ、鉄片を溶接する。飛び散る火花と二重写しになって、白い光を放つ水泡がたまに眼前をよぎる。いつか見た情景なのか、脳が紡《つむ》いだ偽物《にせもの》の記憶なのか、わからない。深く深く沈んでいく。もしかしたら、浮かびあがっているのかもしれない。雪の降る空を見上げたときみたいに、地面の感触が消え、心と体が漂いだす。

一瞬のまぼろしだ。鉄の焼けるにおいが充満する作業場に、赤く鋭く火花が散る。


ついでに自分も帰省すると言っていたのに、悠助は悦也に、門や外灯や窓飾りを次々に発注してきた。おかげで悦也は製作に追われ、不動産屋まわりをするタイミングがなかなかつかめない。

また悠助の悪い癖が出た。悦也は忌々《いまいま》しく思った。悠助はたぶん、悦也に引っ越してほしくないのだろう。なるべく自分のそばに留《と》め置きたがっている。

友情というにはなまぐさい。愛情というには歪《ゆが》みがある。傷も陰《かげ》もない悠助にとって、傷と陰になりうることがあるとしたら、「傷も陰もない」という一点だ。悠助から見ると、悦也は傷と陰だらけの存在で、そんな悦也を身近に置き、心配し、世話を焼くのが、悠助には心地いいのだろう。傷と陰を持つおまえのつらさはわかるよ。なぜなら、俺にも似た部分があるから。でも、がんばっていこう。がんばって光を目指そう。俺も手伝う。

安いからくりだ。悠助の満足と自尊心と優越感を生じさせるための、悦也は装置だ。

しかし悦也も、悠助の欺瞞《ぎまん》を撃つことはできない。装置の役割に黙って甘んじている。いや、むしろ率先して役割を果たしている。仕事の大半は悠助を通じてもたらされるからだ。悠助が見いだしてくれる傷と陰を言い訳に、悦也は他人と交わらず、一人の世界に耽溺《たんでき》していられるのだとも言えるからだ。

悦也を忙殺させるだけに留まらず、悠助は念の入ったことに、田代恵美をけしかけてきた。

「吉田さんから、日高さんが故郷に戻られるかもしれないとうかがいました」

ある晩、田代は電話をかけてきて言った。「一度お会いしたいんです。ご都合のよろしい日がありましたら」

故郷。自分の故郷は重森町なのだろうか。ぴんと来なかった。では、家族で住んでいた狭い部屋、いまとなっては、どこにあったのかも定かでない古いアパートなのかというと、それもなんだかちがう気がした。

断る理由を考えるのも億劫《おっくう》で、製作途中の門扉が完成するまでに要する日にちを数えた。

「少しさきになりますが、かまいませんか」

受話器を置き、中断されていた夕飯を再開する。近所のスーパーで買った惣菜《そうざい》と、レンジでチンするご飯をかきこむ。寝るまえに、もう一働きしなければならない。

重森町を離れて十年は経っていたが、風景にはさして変化がなかった。海岸の道も、日射しに照り映える海も、茶畑の広がる山の裾野《すその》も。変わったといえば、悦也の祖父の家が取り壊され、茶畑の一部になっていたことと、家族で最後に夕飯を食べたファミリーレストランが、空き店舗になっていたことぐらいだ。看板もそのままに、窓ガラスは潮《しお》と埃《ほこり》で曇っている。

店の脇を通りすぎ、悦也は駅前の不動産屋に軽トラックで乗りつけた。短い商店街は閑散として、ほとんどの店のシャッターが下りていた。

悦也の顔を数秒見つめたのち、不動産屋のおばさんは「あら、まあ」と言った。

「ひさしぶりじゃない。元気だった？　東京はどう？」

扇風機を悦也のほうへ向け、おばさんは事務所の奥の冷蔵庫から、作り置きの麦茶を出した。

「吉田くんも一緒？」

「いえ、一人です」

「忙しいんだってね。不況なのに、あんたたちはけっこう繁盛してるらしいって、吉田さんの奥さんがいつも言ってるよ。自慢だね、あれは。あはは」

茶托《ちゃたく》に載ったガラスコップが手もとに置かれる。悦也は軽く頭を下げ、冷えた麦茶を一口飲んだ。

「近いうちに、こっちへ引っ越そうと思っているんです。少々音を立てても大丈夫で、作業場として使えるガレージか納屋《なや》がついている物件、ありませんか。作業場は最低でも、二十畳は欲しいんですが」

「ないことはないけど」

おばさんは驚いたように首を振った。「だってあんた、吉田くんとの仕事は？　東京にいたほうが便利でしょ」

「いまはインターネットがあるから、どこに住んでいても注文は受けられますよ。納品は配送にするか、自分で車で運んでもいいですしね」

「そういうもんなの。だったら、こっちのほうがいいね。のんびりできるし、水もおいしいし」

おばさんは書類棚からファイルを取ってきて、いくつかの物件情報を見せてくれた。条件に合う家が二軒あったので、内見を願いでる。

「車で来てるんなら、勝手に見てきてもらえると助かるんだけど。私は店番しなきゃいけないから。うちのひと、腰を痛めちゃってね。病院行ってるの」

おばさんは悦也に鍵を預け、現地までの地図をコピーした。

二軒を見てまわった悦也は、海辺の高台にあるほうの家を気に入った。農家のつくりで、別棟《べつむね》の広い車庫がある。古いが、こまめに手入れをしていたのか、家屋の状態はいい。

不動産屋に戻り、鍵を返すついでに賃貸契約を結んだ。書類に必要事項を記入する悦也に、おばさんは遠慮がちに言った。

「お盆は過ぎちゃったけど、お墓参りはした？」

「いいえ」

「たまには、おじいさんにお線香をあげなきゃ」

「はい」

本当は、両親と弟にも、とおばさんは言いたかったのだろう。

引っ越したら毎日、海を見下ろして暮らすことになる。

夕日で赤く染まった海を横目に、帰路についた。家族が死んだ海を横目に。

打撲の跡をわざと強く押して、痛みの在処《ありか》を確認するようなものだ。軽トラックを走らせながら、悦也は思った。何度も何度も、押さずにはいられない。忘れようとしても、夢は夜に悦也を訪《おとな》う。冷たい手の感触が、いまも悦也の足首をつかんで離さない。

どうせ逃れることができないなら、諦《あきら》めて引き寄せられてしまえばいい。

重森町から帰って二日後に、悠助が早速やってきた。悦也は引っ越しの準備と、門扉の納期が迫っていたせいで、徹夜して昼まえにやっとベッドに入ったところだった。

「おい」

「なんだ。門なら下にあるから、持っていってくれ。悪いけど、いま俺はとても運転できない」

「そうじゃねえよ」

悠助はカーテンを開け、まぶしさにうなって背中を丸めた悦也から、タオルケットを剝ぎ取った。「おまえ、物件決めてきたらしいじゃないか。なに一人で帰省してんだよ」

「べつにかまわないだろう」

「かまう。仕事はどうするつもりだ。勝手なことすんな」

「どこにいたって、これまでどおりにやる」

眠かったこともあり、悦也はだんだん苛立《いらだ》ってきた。「おまえのほうこそ、どうして田代さんに余計なことを言ったんだ」

「余計じゃない。言ったほうが、おまえにとっていいかと思って……」

俺のため？　悦也は笑った。おまえの規範に則《のっと》って女をあてがわれ、あわよくば結婚に漕《こ》ぎつけて家庭を作るのが、俺のため？

悦也はベッドに身を起こし、煙草の箱をまさぐっている悠助を見上げた。

「なあ、悠助。そんなに、俺に離れてほしくないのか。つなぎとめておきたいか。そうだよな、おまえは俺を哀れんで、いい気持ちになっていたいんだもんな」

「そんなふうに思ったことはない」

悠助は顔を強張《こわば》らせ、低い声で言った。

「へえ？　俺はてっきり、おまえは俺を好きなのかと思ってたよ。哀れんでるうちに、なんか勘違いでもしたんじゃないのかってな。だから、俺がどんな女を抱くのか抱かないのか、いつも気にしてるのかと思って、気味が悪くてたまらなかった」

悠助は蒼白《そうはく》になっていた。怒りのためか、図星を指されたためか、どちらだろう。悦也は残忍な気持ちで、冷静に悠助の表情を観察した。これでやっと鬱陶しさから解放されるのだと思うと、清々《せいせい》した。もっと時間をかけて、なぶってやりたい気もした。

「はっきり言ってやろうか。俺はおまえがきらいだ。ここに来るたび、俺がこのベッドを使ってるか確認してるみたいだが、残念だな。まだ使えるから使ってるだけで、おまえが期待するような意味なんか全然ないんだ」

煙草の箱を握りしめた悠助の手が、小刻みに震えだす。目の縁《ふち》が赤くなっている。

「言いたいことを言って、満足か？」

「ああ、満足だ。おまえが俺に同情して得る満足と同じぐらいに」

悠助は大きく息をつき、まわれ右すると、静かに部屋を出ていった。

悦也はベッドに座った姿勢のまま、うつむいた。むちゃくちゃだ。どうして言葉を止められなかったのだろう。たぶん、悠助の真実を言い当てていたはずだが、それが百パーセントの真実であるわけもない。一家心中に至るまでの悦也の記憶が、練りあげた物語でもあるように。どこまでが事実で、どこからが想像や解釈の入った物語なのか、いったいだれに見分けがつくだろう。本人ですら、判別できないというのに。

サディスティックな快感に抗《あらが》えず、悠助の心を暴《あば》き立てた。いつまでも過去に捕らわれ、怯《おび》えてひとの顔色をうかがっている臆病《おくびょう》な自分を、思い知らされつづけるのがいやだったから。

みじめだった。

上野の美術館では、ロココ時代の家具展が開催されていた。ひとの頭越しに、猫足の布張りの椅子やら装飾過多なシャンデリアやらを眺めた。小柄な田代には、展示物がなにも見えていないのではないか。悦也がそう懸念《けねん》したほどの人出だった。散歩がてら、谷中《やなか》まで足をのばし、喫茶店で休むことにした。田代は黒い日傘を畳み、額の汗を清潔そうなハンカチで拭《ぬぐ》った。

「やっぱり日曜日は混雑していますね」

「そうですね」

「お仕事、お忙しいですか」

「いえ、一段落つきました」

ベージュ色のエプロンをつけた若い女の店員が、アイスコーヒーを二つ運んできた。テーブルに落ちた沈黙をごまかすため、悦也も田代もグラスに手をのばした。涼やかな音を立て、黒い液体に浮かんだ氷が触れあう。

「気づいていたと思いますが、私は日高さんが好きです」

グラスをテーブルに戻し、田代は気負いのない口調で言った。

「すみませんが、俺は……」

「お返事いただかなくてけっこうです。答えはわかっていますから」

田代は微笑《ほほえ》み、悦也の言葉をさえぎった。「本当は、言おうか言うまいか、迷っていました。でも、吉田さんから、すでに引っ越し先も決められているとうかがって。伝えるだけ伝えようと思ったんです」

「いつですか」

「はい？」

「吉田から連絡があったのは」

「昨日、お電話いただきましたが」

この期《ご》に及んで、またお節介を焼いたのか。懲《こ》りないやつ。悦也はあきれた。悠助を叩きのめした後味の悪さが拭われるようで、安心もした。まだ完全に見放されてはいないのかもしれない。そう思うと、喜びから来る熱が胸のあたりをあたためた。勝手なものだ。

「よかったら、教えてください」

田代は、悦也の目をまっすぐに見据えて言った。「私だから、駄目だったんですか？」

「そうではないです」

悦也はどう説明したものか迷い、結局、率直に告げることにした。嘘《うそ》をつくだけの気力もなかったし、聞けばきっと田代は怖《お》じ気《け》づいて、二度と自分に近づいてこないだろうと思った。

「吉田は言いましたか。俺が一家心中の生き残りだと」

「ごめんなさい」

「謝らないでください。事実ですし、吉田は昔から、俺の過去を吹聴《ふいちょう》するのが好きなんです」

「吉田さんは、日高さんを心配していました」

田代の言葉を、悦也は笑って聞き流す。

「俺はいまのところ、だれともつきあわずにいようと思っています。仕事で試してみたいことがいろいろあって、時間的にも精神的にも余裕がない。それも理由のひとつですが、どうしても恋愛をする気になれないのも本当です」

「日高さんが経験なさったことと、関係があるんですね」

「たぶん」

冷たい手が、悦也の足首をつかんでいる。

「父親が運転する車ごと、俺たちは海に沈んでいきました。海水が車のなかに流れこんで、俺は夢中でもがいた。俺をつかんだ母の手を振りほどいて」

淡々と語ったつもりだが、田代は悦也から視線をはずし、つらそうにうつむいた。

「母は俺と一緒に助かりたかったのかもしれない。俺だけ生き残るのはかわいそうだと思って、引きとめようとしてくれたのかもしれない。真実がどこにあるのかは、たしかめようがありません。でも、母親を足蹴《あしげ》にして生き残った事実は、どうやっても俺の記憶から消しようがない」

中年の女の一団が、にぎやかにしゃべりながら店に入ってきた。「谷中霊園マップ」を手にしている。

田代が顔を上げ、小さな声で言った。

「もしかしたら、日高さんのお母さんは、日高さんを車の外に押しだそうとしたのかもしれません。つかんだのではなく。そういう可能性もあるんじゃないですか？」

「それは考えたことがなかったな」

本当にそうだったなら、どんなにいいだろう。一度作りあげた記憶を、上書きすることができたなら。

「ひどい質問をします」

そう宣言してから、田代は氷の溶けかけたアイスコーヒーで喉を湿らせた。「もし、その経験をなさらなかったとしたら、日高さんは恋をしたんでしょうか」

「その仮定には、あまり意味がないでしょう」

それはすでに、起こってしまったことなのだから。恋愛の回路が断ち切れている原因が、経験にあるのか性格にあるのか、悦也には計りようがない。

でも、田代の言ったとおり、新しい物語を紡いでもいいかもしれない。これからも生きのびるために。記憶を消すことができないのなら、せめて都合よく改竄《かいざん》してみるのもいいかもしれない。

荷造りもほぼ終わり、部屋はますます広く感じられる。残されたベッドが、小さな島のようだ。悦也はそこに横たわり、母親が自分を助けようとした可能性について、思いをめぐらせる。

夫が決意を固めたのを察し、庭に転がっていた手ごろな大きさの石をひそかに拾う。殺してでも、止めなければならない。道端にしゃがみこんでいた子どもたちが、笑顔で走り寄ってくる。なんの疑問も抱かず、無心に見上げる目。死なせはしない。

けれど気持ちは揺らぐ。家族で夕飯を食べた、この金で最後だ。明日から、どう暮らせばいい。死んだほうが楽だ。子どもたちも、みじめな思いをしなくてすむ。

車は海沿いの道を走る。飛ぶのにふさわしい場所を探して、夫はアクセルを踏む。どうしよう。こわい。でも、家族一緒に死ねるのだからと自分に言い聞かせると、少し安らぐ。夫の後頭部に石を振りおろすならいまだ。そう思いもするけれど、できない。こわい。操縦の利《き》かなくなった車が、道からそれて海へ落ちるかもしれない。ひとごろしにはなりたくない。それは夫の役目だ。夫が甲斐性《かいしょう》なしだったから、いまこんな事態に陥《おちい》っている。最後ぐらい、きちんと責任を取ってほしい。責任を取って、家族を楽に死なせてほしい。

一瞬の浮遊。泣き叫ぶ子どもを抱きしめ、悲鳴を上げる。こわい。たすけて。息が苦しい。だれかなんとかして。夫も獣みたいに咆吼《ほうこう》していたが、いまは魂が抜けたように静かになった。なんて弱い心。どこまで逃げれば気がすむの。子どもたちをどうするつもりなの。まちがっていた。やっぱりこの選択はまちがっていた。

すがりついてきた上の子を振り払い、握った石ごと拳を窓ガラスに叩きつける。何度も、何度も。皮膚が破れ、たぶん指の骨が折れた。でも、かまわない。水は腰あたりまで上がってきている。早く。早く割れろ。

「あんただけは。あんただけは」

呪文《じゅもん》のように繰り返す。子どもの喉から、ひぃ、ひぃ、と空気の漏れる音がする。

苦しいのだろう。泣きたくても泣けないほど怯えている。かわいそうに。必ずたすけてみせる。あんただけは。

何度目かに拳を叩きつけたと同時に、海水が逆巻《さかま》きなだれこんだ。泳いで。ああ、そっちじゃない。海面を目指して泳ぐの。生きるために。

もがく息子の足首をつかみ、正しい方向へ導く。そう、蹴って。渾身《こんしん》の力をこめ、息子の体を車外へ押しだす。水泡とともに浮上していく姿を、意識のつづくかぎり目で追った。腕に抱いていた下の子は、すでに鼓動が止まっている。抱きすくめ、漂うやわらかな髪に鼻先をうずめる。あんたとは、お母さんがどこまでも一緒に行く。

悦也は目を閉じて横たわったまま、新しい記憶に体をなじませようとする。たすけてと呼べば応えるもののいる、信頼と希望に満ちた物語を、必死に想像しようとする。まぶたの裏に火花の残像が散る。いや、ちがう。細かな泡だ。水面から差すひとすじの光を受け、それらは闇のなかできらめいている。

立ちのぼる泡の連なりをたどって、悦也は深く深く潜っていく。夜の海底に沈んだ、白いセダンが見える。後部座席で眠るように身を寄せあう、両親と弟と幼い自分が、窓越しに見える。

本書は、「心中」を共通のテーマにした短編集である。
『天国旅行』というタイトルおよび巻頭の歌詞は、
THE YELLOW MONKEYの『天国旅行』（作詞　吉井和哉）より
採らせていただいた。

解説

角田光代

作者自身が最後に記しているとおり、ここにおさめられた小説はみな、心中をモチーフにしている。心中、もしくは、自ら選び取る死。

義父母の介護に疲れ、早期退職を勧められ、息子が幼稚園児を巻きこむ事故を起こし、何もかもいやになって死のうと思う。相手の浮気をなじるため心中を持ちかける。経済的困窮を極めた果ての一家心中もある。

はたまた、心中できない死もある。戦死、病死、事故死。ともに生きていくはずだった人を失った片割れは、いわゆる心中とは異なる方法で、彼らの死になんとか寄り添うことを考える。

どの小説に登場する人物も、死を救済と考えている。死んでしまえば、今背負う荷から解放される。もしかしたら、そんな荷のない、まっさらな生があらたに与えられるかもしれない。そんなふうには書かれていないが、そのあらたな生では今より絶対うまくできるはずという期待を、多くの人が持っている。

自死もまた、それを選ぶ人たちにとっては救済ではあるが、それとはべつの側面を持っていることも、この小説では明らかにされている。「森の奥」の男が死のうとした理由は、絶望と混乱だけでなく、「あなたが死んだら、保険金が入るのに」と言った妻への腹いせもある。最後まで真相はわからないが、「炎」で、焼身自殺という方法で死を遂げた高校生は、抗議でそうした可能性が高い。腹いせや抗議でも、人は死を選ぶ。

現実には、なんの仕返しも抗議もできない無力な私たちは、死によって、神のごとく他者を罰し、傷つけ、深い後悔を負わせることができると、どこかで思っている。

そんなふうに、この一冊には、みずから選んだ死（自死、心中）というものが含む、さまざまな側面が描き出されている。救済、はたまた抗議、復讐《ふくしゅう》。前世から来世へのリセットボタン。亡《な》き人に会う手段。万能感。意味合いはそんなふうにいろいろあれど、共通しているのは、死後の世界があってもなくても、死より向こう側は、今現在の現実より、よいところと、登場人物のだれもが思っている。たしかに、そうでなければ死など選ばない。

現実というのは本当に面倒なものである。その過酷さは「君は夜」で存分に描かれている。

語り手の理紗《りさ》は、子どものころの夢でもうひとつの人生を知る。貧しくても、その人生は愛にあふれている。終わりが近づいたとしても、愛にあふれて終わる。少なくとも、もうひとつの人生の主役であるお吉《きち》はそう信じている。幸福であることを疑わない。

成長した理紗はもう夢を見ることはなく、自身の人生だけを与えられる。夢とは異なる、現実である。そこに愛はあふれてはいない。こんなはずではないと思いながら、理紗の現実はどんどん夢とはかけ離れていく。

はて、しかしそうだろうかと、読み終えてぞわぞわと思う。この二人の人生はそれほどかけ離れているだろうか。どちらも相手の愛を信じ愛に殉じようとしている。今の生を超えたところ——お吉は心中後、理紗は夢のなか——によりよい生があると信じている。どちらも現実を引き受けてはいない。現実を引き受けないと、こんなにも現実で生きることは過酷になると、思い知らされる。

しかしどれほど強く愛を誓っても、愛は現実の人生にあふれ続けるわけではないということを教えるのは「遺言」である。

ここにおさめられた短編小説のほとんどが、死の側にいった人を描いているが、この小説は、死を選び損ねた人たちを描いている。

駆け落ちをした恋する二人は、死を覚悟しつつ性交をして、そのあまりの快楽に死ぬことを惜しむ。生き延びた二人は、めでたくともに暮らすが、語り手の浮気が原因で、また死が二人の頭をよぎる。さらにもう一度、五十代になってから、相方は生きることのむなしさにたえきれず、また、死を選ぼうとする。どうやらこの相方は、「愛の究極的な証明はともに死ぬこと」と信じている。

駆け落ちし、死を覚悟するほど誓った愛ですら、十年目には、浮気が問題になる。けれどそれは、相手を愛していないということではない。相手を愛することと、浮気をすることは両立する。現実の愛とはそうしたものである。一瞬あふれて、でもその後はあふれることなく、ときに目減りし、でも涸《か》れない。相方は、愛が目減りしたと感じると、死を持ち出して、かつての「あふれた」状態に戻そうとする。滑稽《こっけい》ではあるが、真剣である。

ここの小説における語り手だけは、死が、死以外の何かであるとは思っていない。究極の愛の証明でもなく、また、救済でも、リセットでもない。愛も救済も、万能感も復讐も、生きていなければ得ることはできない。死は、死でしかない。

生きていなければ、何も得られない。それは、この一冊に通底していると思う。現実の生を、それが汚れていても負にまみれていても重たくても、引き受けなければならない。愛の——言葉を変えれば、この世界の——強さもうつくしさも、よりよきものも、引き受けた生のなかに含まれている。

小説は、しかし生を賛美しているわけではない。生きることはすばらしい、生きなければならぬと読み手を鼓舞するわけではない。そもそも登場人物の多くが死を選ぶのは、強さやうつくしさや、よりよきものを、この世界に見つけることができなくなったからだ。死を美化していないのと同様、生もまた、美化することはない。

それでも不思議なことに、生を賛美しているわけではないこれらの小説を読みながら、生きていくことのほうがなんだかおもしろそうだ、と読み手は感じるのではなかろうか。

作者は、他作品でもそうだけれども、この短編集でも、多様な人間関係を描く。多様な、というのは、夫婦とか恋人、きょうだいといった、わかりやすい言葉に括《くく》れないあいだがらである。

「初盆《はつぼん》の客」に登場するウメおばあさんは、二人の夫を持っていた。若くして夫を亡くしているから再婚するのはめずらしいことではないが、けれど、ウメおばあさんはその二人ともを、死ぬまで、同時に愛していたらしいことが明かされる。

「森の奥」で描かれるのは、死のうとした語り手と、正体不明の男である。この男が何ものなのか、読み手にもわからない。けれど語り手の意識が、死から生へと転換するのは、この男を助けたいと思ったことによる。

「SINK」の二人も、奇妙な関係である。過酷な過去を持つ悦也《えつや》に、なぜかずっとついてまわる悠助《ゆうすけ》。悦也は悠助を快く思ってはいないのに、それでも関係は続く。同情とは異なる、名のつけられないような感情が、この二人のあいだにはある。

「炎」の、亜利沙《ありさ》と初音《はつね》の、一瞬の、それこそ炎のような親密な時間も、友情とは異なる。また、初音が亜利沙を利用しただけだとは、私には思えない。亜利沙が回想するように、そこにはやはり、何か名づけようのない、でも確固としたつながりがあったように思える。

そして、「遺言」の二人、私は自然と夫婦と思って読んだが、そのようには明記されていない。婚姻していない男女かもしれず、女性同士、男性同士ということもあり得る。

人を文字どおり救うのは、友だちや家族といった、身近な人とはかぎらない。関係の名づけようのないだれかかもしれないし、すれ違うように出会った見知らぬだれかかもしれない。また、人を生かすのは、善意や愛情とはかぎらない。だれかを死なせたくないと思うことで、生きる力を得ることもある。一晩だけ夫だった男を、生涯忘れないこともある。

この小説集にあぶり出される、その、関係というもの、感情というものの自由さを感じるからこそ、生きているほうがおもしろそうだと読み手は思うのではなかろうか。さらに、文章のうつくしさがある。たとえば「遺言」、「炎」のラスト数行など、まるで独立した詩のようなうつくしさだ。そのうつくしさに落涙しそうになる。作家が紡《つむ》ぐこの言葉のうつくしさは、そのまま、この世界のうつくしさになる。自分が生きて見ているこの世界は、こんなにもうつくしかったのかと、作者の言葉によって気づかされる。ああ、やはり生きているほうがたのしそうだと、ここでもまた、読み手は思うのだろうと想像する。

この短編集のテーマは心中である。それはそれとして、私はもうひとつ、隠れたテーマを嗅《か》ぎ取る。あまりにも勝手な想像で、作者には怒られるかもしれない。それをおそれず書くと、隠れたテーマというのは、「小説において死をどのように扱うか」ということ。作者は、これらの小説を書きながら、ずっとそのことと真摯《しんし》に向き合っていたように思うのである。

現実に、人は死ぬ。現実を模して書く小説でも、だから当然、人は死ぬ。けれどときどき小説を読んでいて、「死ぬために死ぬ」ような人が出てくる場合もある。その死に必然がなく、ただ読み手を泣かせるという目的だけがある。作者にとって都合のいい死、としか思えないときがある。涙もろい私はそうした小説に、きちんと泣きながら、「こんちくしょう」と思っている。人が死ねば、それが現実のだれかであろうと、小説のだれかであろうと、泣くんだ。でも人が死んで泣くということと、感動するということは違う。私を泣かせるために、この人を死なせる必要なんかないんだ。そんなふうに思っての、こんちくしょうである。

「泣ける」という言葉が、感動と混同されるようになって、そうした安易な死が増えたように私は勝手に思っている。そんな傾向を知りつつ、では、自身の小説で死を扱うとはどういうことかを、作者は考え続けたのではないか。書くことで。

そう勘ぐってしまうほど、この小説に描かれた「死」は壮絶なものだ。肺がんになったウメおばあさんは最後は食事を断つ。夢にあらわれるお吉は好きな男に絞め殺される。亜利沙の先輩は焼身自殺である。そうして悦也の家族は車で海に飛びこんだ。それぞれ、みずから選んだ死なので、闘病ののちに、といった自然なものではないのだが、それにしても、死というものはそこまで壮絶なものなのだと、思わされる。生半可なものではない、泣けるようなものでもない。生を終わらせるには、なんとすさまじい覚悟がいることか。
何かこの壮絶さが、死を描く作者の覚悟のようにも、私には思えたのである。
（平成二十五年六月、作家）